FREYJA FJÄRIL

Juniherz trifft Seelenschmerz

novum pro

Dieses Buch ist auch als
e-book
erhältlich.

www.novumverlag.com

Bibliografische Information
der Deutschen Nationalbibliothek:

Die Deutsche Nationalbibliothek
verzeichnet diese Publikation in
der Deutschen Nationalbibliografie.
Detaillierte bibliografische Daten
sind im Internet über
http://www.d-nb.de abrufbar.

Gedruckt in der Europäischen Union
auf umweltfreundlichem, chlor- und
säurefrei gebleichtem Papier.

© 2024 novum Verlag

ISBN 978-3-99146-625-3
Lektorat: Andrea Pichler
Umschlag- & Innenabbildungen:
Freyja Fjäril
Umschlaggestaltung, Layout & Satz:
novum Verlag

Die vom Autor zur Verfügung ge-
stellten Abbildungen wurden in der
bestmöglichen Qualität gedruckt.

www.novumverlag.com

Druckprodukt mit finanziellem
Klimabeitrag
ClimatePartner.com/16547-2311-1001

Inhaltsverzeichnis

„Du öffnest Bücher und sie öffnen dich!"
Meine Biografie, beruflicher Werdegang, gesundheitliche Einschränkungen, Verkehrsunfall, Rehamaßnahme, berufliche Neuorientierung, Vorstellung meiner Heimat: Die wunderschöne Oberlausitz und das Lausitzer Seenland.

„Und plötzlich entscheidet das Herz Dinge, die sich der Kopf niemals vorgestellt hat!"
Die Vorstellung meiner Grund- und Schulzeit. Wer war ich als Teenager und wer bin ich heute – Aussehen, positive- und negative Eigenschaften, Schulerlebnisse – **Sturm- und Drangzeit!** Als Jugendliche treffe ich auf meinen Seelenverwandten und entwickle tiefe Gefühle für Juniherz. Doch sein Herz gehört einer anderen Frau. Zelterfahrungen einer Vierer-Freundschaft an der türkisfarbenen „Blauen Adria" – mit lebendigen Bildern.

„Dankbarkeit ist die beste Medizin gegen Leid. Denn sie verwandelt alles in Freude!"
Ich berichte von meiner dreijährigen Ausbildungszeit zur Krankenschwester, über mein lustiges Internatsleben und das Kennenlernen neuer Freunde. In erster Linie gehe ich auf eine, für mich, sehr wichtige Person ein. Sie lag mir sehr am Herzen, aber sie verstarb.

Ich berichte von der Todesnachricht bis hin zur Beerdigung – mit farbigen Bildern. Ich stelle meine Lieblingskneipe, Die schwarze Kunst, vor, die wir, zu Lehrzeiten besucht haben. **Seelenschmerz!**

„Ich will nicht Dein Herz stehlen. Ich will es nur öffnen, damit Du Deine Seele darin wieder findest!"
Ich richte meine ganze Aufmerksamkeit auf Juniherz und meine Person. Wie aus meiner unerfüllten, jahrzehntelangen Liebe ihm gegenüber endlich ein Happy End geschrieben wird.

„Wer nicht jeden Tag etwas für seine Gesundheit aufbringt, muss eines Tages viel Zeit für die Krankheit opfern!"
Siehe oben schreibe ich meinen bisher 20 Monate langen Leidensweg. Nach einer Corona-Infektion im November 2021 wird mein Leben bestimmt durch die auferlegten Bürden einer Post-Covid-Erkrankung. Ein Ärztemarathon begann, der nicht enden will. Diese Erkrankungen haben mich körperlich gezeichnet, meine Persönlichkeit verändert und schränken immens meine Lebensqualität ein. Ebenso berichte ich über meine Rehamaßnahme auf Sylt und von meiner Kündigung, die ich im Krankenstand erhalten habe. Hier spielen meine neu erworbene Selbsterkenntnis und Selbstfürsorge eine tragende Rolle. **Seelenschmerz!**

Vorwort

An dieser Stelle gebührt mein aufrichtiger Dank meinen Eltern, die mich mit Hingabe, uneingeschränkter Unterstützung und einer großen Portion Liebe, zu dem Menschen geformt haben, der ich heute bin. Danke an meinen wunderbaren, mich liebenden Partner, der mich durch Hoch- und Tiefpunkte meines Lebens begleitet und mir die nötige Kraft und Zuversicht gibt, dass ich weiterhin positiv denke und mich nicht aufgebe. Liebe heißt, füreinander da zu sein und den Partner nie im Stich oder allein zu lassen. Liebe heißt auch, den anderen so anzunehmen, wie er ist. Wenn man sagt, „ich liebe dich", bedeutet es auch, „sei wie du bist!" Liebe bedeutet auch, sich einander ganz und ernsthaft zu öffnen, um sich selbst zu zeigen, ohne Angst haben zu müssen, wegen seiner Erkrankung verurteilt oder gar verstoßen zu werden. **Ich liebe Dich!**

An dieser Stelle will ich auch meinen zwei Herzensmenschen, meinen Kindern, danken. Ohne meine Kinder wäre mein Haus sauber und meine Geldtasche voller, doch mein Herz wäre leer und mein Leben weniger turbulent. Es erfüllt mich, dass ich meine Kinder um mich habe, die für mich jeden Tag alles ins Verhältnis setzen. Denn es gibt kein zu viel Umarmen, zu viel Küssen, zu viel Tragen, zu viel Halten. Wir verziehen unsere Kinder nicht, indem wir sie zu viel lieben. Weil es nie zu viel **LIEBE** geben kann!

Desgleichen möchte ich allen Personen und Ärzten, die mich auf meinem beschwerlichen Weg unterstützt haben, mein tiefliegendes Dankbarkeitsgefühl zum Ausdruck bringen.

Zum Abschluss, Danke ich allen im Voraus für jegliche Kritik und wünsche aus tiefstem Herzen heraus allen Lesern und Leserinnen eine erkenntnisreiche Befassung mit sich selbst.

– 1 –

„Du öffnest Bücher und sie öffnen dich!"
– Aitmatov –

Glückwunsch, meine lieben Buchfreunde, dass Ihr mein Buch käuflich erworben habt.
Vorab möchte ich Euch mitteilen, dass es in meinem Buch keine erfundenen Romanfiguren geben wird. Die Inhalte meines Buches beruhen auf einer wahren Begebenheit – meiner Lebensgeschichte. Meine Lebensgeschichte habe ich in 5 episodische Abschnitte unterteilt. Ich werde Euch Einblicke in meiner Biografie, meine Heimat, Juniherz und meinen erfahrenen Seelenschmerz bieten. Meine Lebensgeschichte soll Euch zum Schmunzeln und Nachdenken anregen, zur **Selbstfürsorge** motivieren und Sorgen und die damit verbundenen Ängste nehmen. Lass Deine Angst nicht dein Leben bestimmen! Hauptsächlich soll es Hoffnung und Zuversicht vermitteln und das **Wichtigste: „Denkt an Eure Gesundheit und seid dabei ehrlich zu Euch selbst."** Eine, für mich extrem kostbar gewordene, Redewendung lautet:

„Kümmere dich um deinen Körper, es ist der einzige Ort, den du zum Leben hast!"

Ich möchte mich Euch kurz vorstellen. Damit Ihr einen kurzen Einblick von meiner Person und dem damit verbundenen Leben erhaltet.
Ich heiße Freyja, bin 42 Jahre jung und lebe mit meinen zwei Kindern in einer kleinen ländlichen Gemeinde in Ostsachsen in der Oberlausitz. Dies ist ein ruhiges, idyllisches Fleckchen Erde, auf das ich kurz näher eingehen möchte, um Ihnen meine Heimat ein Stückchen näher zu bringen. Und vielleicht gedenkt

der/die eine oder andere Leser/in, hier demnächst seinen nächsten Urlaub zu verbringen. Die **Oberlausitz, oberlausitzisch**: Äberlausitz ist eine ursprünglich politisch eigenständige Region, die heute zu etwa 67 % zu Sachsen sowie 30 % zu Polen und 3 % zu Brandenburg gehört. In Sachsen umfasst die Oberlausitz in etwa die Landkreise Görlitz und Bautzen mit einer nördlichen Grenze zwischen Hoyerswerda und Lauta und in Brandenburg den südlichen Teil des Landkreises Oberspreewald-Lausitz um die Stadt Ruhland sowie einige Orte östlich und südlich davon. Der seit 1945 polnische Teil der Oberlausitz, zwischen den Flüssen Queis im Osten und der Lausitzer Neiße im Westen, gehört administrativ zur Woiwodschaft Niederschlesien. Nur ein kleiner Zipfel um Leknica gehört zusammen mit dem polnischen Teil der Niederlausitz zur Woiwodschaft Lebus. Im Süden entspricht die Grenze der Oberlausitz der sächsisch-tschechischen Grenze von Steinigtwolmsdorf im Westen bis nach Zittau und östlich davon der polnisch-tschechischen Grenze bis zur Tafelfichte. Die alte Hauptstadt der Oberlausitz ist Bautzen. Größte Stadt der Region ist aber das zwischen Deutschland und Polen geteilte Görlitz-Zgorzelec. Ihren Namen hat die Oberlausitz Ende des 15. Jahrhunderts von ihrem nördlichen Nachbarland Niederlausitz bekommen. Ursprünglich wurde nur Dieses Lausitz genannt, was sich vom dort lebenden slawischen Volksstamm der Lusici ableitet. Das Gebiet der jetzigen Oberlausitz trug zunächst den slawischen Namen *Milska*, benannt nach den ebenfalls slawischen Milzenern. Später, um 1410, wurde der Name *Lausitz* auch für das Land Buddisin übernommen. Von da an unterschied man zwischen Ober- und Niederlausitz. In beiden Lausitzen ist das westslawische Volk der Sorben beheimatet.

Geomorphologisch wird die Oberlausitz durch das einheitliche Lausitzer Granitmassiv geprägt; lediglich der Norden und Nordosten ist pleistozän geformt. Der Norden des Landes wird vom flachen Oberlausitzer Heide- und Teichgebiet eingenommen. Die UNESCO hat den zentralen Teil dieses Naturraumes 1996 zum Biosphärenreservat Oberlausitzer Heide- und Teichlandschaft erklärt – insbesondere zum Schutz des Fischotters.

Der mittlere Teil ist hügelig, während der Süden vom Lausitzer Bergland geprägt ist. Die höchsten Erhebungen des heute deutschen Teils der Oberlausitz befinden sich im Zittauer Gebirge, einem Teil des Lausitzer Gebirges, welches sich jedoch größtenteils in Tschechien befindet. Die wichtigsten Berge der Oberlausitz sind: Lausche (793 m), Hochwald (749 m), Landeskrone (420 m), Löbauer Berg (448 m), Kottmar (583 m), Czorneboh (561 m, Bieleboh (499 m), Valtenberg (587 m) und Mönchswalder Berg (447 m). Der höchste Punkt der historischen Oberlausitz liegt mit 1072 m etwa 500 m nordöstlich des Gipfels am Hang der Tafelfichte im Dreiländereck Oberlausitz–Schlesien–Böhmen, der niedrigste Punkt mit 92 m am ehemaligen Zusammenfluss der Grenzpulsnitz und der Schwarzen Elster (Elsterbrücke zwischen Lauchhammer-West und Schraden) auf der Gemarkung Tettau OL, westlich von Ruhland OL. Alle größeren Flüsse der Oberlausitz fließen von Süden nach Norden. Im Westen bildete die Pulsnitz früher die Landesgrenze zu Sachsen. Die Spree nimmt ihren Ausgang ganz im Süden des Landes und fließt durch Bautzen. Die Lausitzer Neiße bildet heute die deutsch-polnische Grenze. Sie entspringt im böhmischen Isergebirge, tritt nahe Zittau auf Oberlausitzer Gebiet, durchfließt Görlitz und verlässt das Land bei Bad Muskau in Richtung Niederlausitz. Im 19. Jahrhundert wurde in der nördlichen Oberlausitz und im Osten zu beiden Seiten der Neiße und um Hoyerswerda herum Braunkohle gefunden. Besonders der Abbau im Tagebau hat große Teile der alten Kulturlandschaft zerstört. Viele der alten Braunkohletagebaue wurden seit den 1970er-Jahren rekultiviert, wobei vor allem nach 1990 besonders viel Wert auf die Rekultivierung und Neugestaltung der Abbau- und Industrielandschaft gelegt wird. Die dabei neu entstandenen und entstehenden Seen werden bereits als Lausitzer Seenland bezeichnet. Das Klima der Oberlausitz ist mild bis warmgemäßigt und niederschlagsreich. In der Oberlausitz leben heute etwa 780.000 Menschen, knapp 157.000 davon im polnischen Teil östlich der Neiße.
https://de.wikipedia.org/wiki/Oberlausitz/25.04.2023

spätgotische Pfarrkirche St. Peter
und Paul in Görlitz

Das Lausitzer Seenland lockt mit vielen Freizeitaktivitäten und ist ein Muss für Wassersportler.

„Ein Stock, ein Hut, ein Wandersmann. Vor, zurück, zur Seite ran!" Bildlich sehe ich Euch bereits. Wie Ihr entspannt und neugierig bei einem Eurer Streifzüge durch meine traumhaft schöne Heimat an mich und mein Buch denken werdet. Ich hoffe, dass

Euch der Einblick von meiner Heimat gefallen und Interesse geweckt hat. So, jetzt habe ich Euch genug mit biografischen Daten gelangweilt. Und meine biografischen Eckdaten sind auch zäh wie Kaugummi. Wenn Ihr mein Kapitel 1 erfolgreich durchgelesen habt, verspreche ich Euch, dass es feuchtfröhlich (mit Lachtränen), spannend, traurig und mit einem Schuss Humor weitergehen wird. Nicht so trocken wie eben.

Zurück zu meiner Biografie.
Mein beruflicher Werdegang gestaltete sich nicht nach meinen Vorstellungen und Wünschen. Eigentlich wollte ich Justizfachwirtin werden, beim Eignungstest in Meißen wurde großzügig ausgesiebt. Leider war ich nicht unter den Auserwählten, die in die zweite Runde starten durften. Somit zerplatzte mein Traum, wie eine Seifenblase. Ich orientierte mich neu und wählte mit Bedacht einen medizinischen Beruf – den Beruf der Krankenschwester. Die Ausbildung absolvierte ich an der Katholischen Johannes-Zinke-Krankenpflegeschule am Carolus Krankenhaus in Görlitz – im Jahr 2001 mit dem Staatsexamen.

Meine berufliche Zweitwahl wurde für mich im Laufe meines Lebens zur Berufung.

Meine Arbeit hat mich stets und ständig erfüllt und im Beruf wachsen lassen.

Natürlich gab es auch unschöne Momente, Momente mit bitterem Beigeschmack – zum Beispiel:

- sterbende Menschen
- Krebspatienten

Ich habe bewusst nur zwei Beispiele erwähnt, die Aufzählungen könnten schier unendlich sein. Davon abgesehen, dass jeder von uns früher oder später sterben wird, hat es mich in verschiedenen Situationen oft tief berührt, traurig gemacht und zum Nachdenken angeregt. Wenn man hilflos zusehen musste, nur schmerzlindernde Medikamente in Betracht kamen – denn wie Ihr ja wisst, hat auch die Medizin ihre Grenzen.

Aber, man kann für einen sterbenden Menschen auch anderweitig da sein, Ängste reduzieren und Nähe schenken, indem wir die Hand des Sterbenden bis zum Lebensende – am Lebensende geht es nicht mehr darum, um jeden Preis das Leben zu verlängern – zu halten und symbolisch zu vermitteln:

Du bist nicht allein auf deinem letzten Weg.

„Sei gut zu Menschen.
Man wird sich an deine Freundlichkeit und
Menschlichkeit erinnern,
nicht an deine tolle Karriere und die Designer-
Kleidung, die du getragen hast!"

Meine medizinische Karriere gestaltete sich im Laufe meiner Berufsjahre etwas bunt.

Nach der Ausbildung fasste ich Fuß in der häuslichen Versorgung. In Pflegeheimen erprobte ich mich an der Pflege mit demenziell erkrankten Menschen. Nebenbei versuchte ich eine gute Praxisanleiterin zu sein.

Ja vielleicht liest gerade ein ehemalige/r Schüler/in mein Buch, erinnert sich an seine aufregende, lehrreiche, aber auch lustige Zeit zurück. Dem ein oder anderen huscht gewiss gerade ein Lächeln übers Gesicht.

Im Jahr 2012 hatte ich einen Verkehrsunfall. Hervorgerufen durch einen Vorfahrtsfehler des Unfallgegners. Dass dieses Ereignis die erste Etappe meines Leidensweges werden sollte, war mir bis dato nicht bewusst. Die daraus resultierenden Unfallfolgen blendete ich anfangs gekonnt aus, ein besseres Synonym für ausblenden wäre wohl in meinem Fall treffender, wenn ich das Wort „überspielen" ins Spiel bringe. Trotz Kopfschmerzen, Übelkeit und Schwindel ging ich täglich meinen Routinearbeiten nach. Ihr wisst bestimmt, was ich damit zum Ausdruck bringen will. Ein braver, beflissener, deutscher Bürger geht seiner geregelten Arbeit nach! Der Tag war mir vorherbestimmt, ab dem mir meine gesundheitliche Ignoranz zum Verhängnis werden sollte. Beim morgendlichen Waschmarathon auf meiner damaligen Arbeitsstelle im Pflegeheim wurde mir schwarz vor den Augen. Notgedrungen machte ich Bekanntschaft mit zwei Rettungssanitätern. Sie waren jung, von schlankem Körperbau und wahnsinnig nett. In meinem Kopf kreisten zahlreiche diffuse Gedanken:

- Wo bin ich?
- Was ist passiert?
- Bekommen die zwei schlankwüchsigen Männer oder, doch eher, Männer mit leptosomer Körperstatur mich die Treppe runter?

Fragen über Fragen huschten durch Groß- und Kleinhirnareale. Die Frage eines Sanitäters riss mich buchstäblich in die Realität zurück.

„Könnten Sie schwanger sein?" Von einer Sekunde auf die andere war ich hellwach und mir dämmerte, was passiert war. Nein, ich war nicht schwanger! Jetzt ging alles rasend schnell, und eins, zwei, drei wurde ich im Rettungswagen sicher verstaut. Hinten liegend – wo sonst! Als Beifahrer vorne, was ich mir eingebildet hatte, diese Chance bekommt man ja nicht täglich, wurde strikt von den Rettungskräften abgelehnt. Nun folgte für mich eine rasante Fahrt ins nächstgelegene Krankenhaus. Mein Abänderungsvorschlag an die Pharmaindustrie betrifft die Entwicklung und Herstellung von Nierenschalen: Sie müssen definitiv größer sein. Mein Erbrochenes war überall, nur nicht in dieser Miniaturausgabe von Nierenschale. Und wer hatte Teilschuld? Richtig, die Rettungskräfte und deren Fahrstil waren mitschuldig. Spaß bei Seite! Ihr zwei habt eure Arbeit super verrichtet. Angekommen in der Notfallambulanz, erfolgten zahlreiche Routineuntersuchungen, das laufende Standardprogramm. Unter anderem Röntgen der Halswirbelsäule, Blutbild, Anamnese, EKG und Infusion – die darf natürlich nicht fehlen. Nach drei Stunden Liegezeit in meiner

Einzelzelle bekam ich eine kompetente Ärztin zu Gesicht. Sie überschwemmte mich mit Fragen: „Hatten Sie in der Vergangenheit einen Treppensturz? Das Röntgenbild Ihrer HWS sieht zumindest so aus." Folgsam wie ich bin, beantwortete ich alles haargenau. Sie ließ mich ausreden, ich finde, das ist das Wichtigste. Ich berichtete vom Verkehrsunfall. Von ihrer anfänglichen Idee, ich sei die Treppe runtergestürzt, kam sie letztendlich ab. Nach einem langen und sehr ausführlichen Arztgespräch, der Diagnose HWS-Schleudertrauma nach VKU, einer Cervicalstütze im Gepäck und einem ausführlichen Entlassungsbrief wegen der weiterführenden Diagnostik, verließ ich, noch am selben Tag, auf eigenen Wunsch das Krankenhaus. Medizinisches Personal, insbesondere Krankenschwestern, wissen immer am besten, welche Therapiemaßnahmen die richtigen für einen selbst sind. Das ist übrigens wissenschaftlich bewiesen. Während ich diese Zeilen gerade schreibe, muss ich über mich selbst schmunzeln. Ich habe die Vorzüge eines stationären Aufenthaltes mit 4-Gänge-Menü rigoros abgelehnt.

Reflektierend betrachtet:
Wie dumm und engstirnig ich doch in dieser Situation gewesen bin! Ein Krankenhausaufenthalt wäre eindeutig der richtige Weg gewesen.

Liebe Einsicht! Warum nur ereilst du mich so spät?

„Will man Gesundheit erlangen, muss man nicht allzu viel tun. Nur auf den Körper hören!"

Tagelang plagten mich nun Kopfschmerzen mit Übelkeit, Schwindel, zusätzlich stellte sich eine Gangunsicherheit mit Ausfallerscheinungen ein, meine Hände und Arme kribbelten ständig und wurden taub, Sehstörungen kamen hinzu. Aber immerhin, ich befand mich im Krankenstand. Für mich eine neue Erfahrung. Eine erneute Arztvorstellung bei meinem Hausarzt war unumgänglich. Zur weiteren Diagnostik erfolgte ein mehrwöchiger Aufenthalt in einer nahegelegenen neurologischen Fachklinik.

Diagnosen:
- Instabilität der HWS
- Steilstellung der HWS mit kyphotischer Fehlstellung im Segment C5/6
- Gefügestörung im Segment C5/6 mit Ventralversatz von C5 gegenüber C6
- Protrusion C5/6 mit zusätzlichem Prolapsanteil der linken Neuroforamen, hier Irritation der Radix anterior der linken abgehenden Nervenwurzel
- Breitbasige Bandscheibenprotrusionen C4–7
- Zustand nach HWS-Schleudertrauma

Im Entlassungsgespräch wurde mir wärmstens ans Herz gelegt, meine berufliche Situation zu überdenken und eine Neuorientierung anzustreben. Die Worte drangen in mein rechtes Ohr, um von dort, aus dem linken Ohr, wieder auszutreten. Jedem X-Beliebigen mit der gleichen Diagnose könnt ihr das erzählen. Aber ich, ich gehe unbeirrt, trotz Vorwarnung der Ärzte weiter meinen Weg. So wie immer – wird schon wieder! Meine alte Arbeit habe ich damals wieder aufgenommen. Zum Autofahren nutzte ich gewissenhaft meine Cervicalstütze, um meine HWS vor zu schnellen, nicht vorhersehbaren Drehbewegungen zu schützen, um Schwindel zu minimieren und damit mir nicht schwarz vor den Augen wurde. Natürlich auch, um andere Fahrzeugführer/ Teilnehmer im Straßenverkehr nicht zu gefährden. Regelmäßige Besuche beim Osteopathen und Orthopäden waren nun an der Tagesordnung, ihnen bekannte Schmerzmedikamente mein täglicher Begleiter und physiotherapeutische Maßnahmen mein täglich Brot. Jeder Tag war für mich ein Kampf. Mit meiner Symptomatik schleppte ich mich bis ins Jahr 2016. Ich erhielt eine ambulante Rehabilitationsmaßnahme. In der für mich schönsten Stadt der Oberlausitz – Bautzen. Das war ein Pluspunkt, der i-Punkt sozusagen. Drei Wochen lang wurden ich und meine Reha-Mitinsassen morgens von einem charmanten, älteren Mann zu Hause abgeholt und nachmittags zurückgebracht. Dann startete mein tägliches Pflichtprogramm, Muskelaufbau und -stärkung, physiotherapeutische Maßnahmen, Vorträge über das Erlernen von Selbstfürsorge, Bewegungstherapie im Wasser und unzählige andere nette Therapieeinheiten. Wollt Ihr wissen, ob die Rehamaßnahme erfolgreich war? **„Nein – ohne jeglichen Erfolg!"** Die Symptome blieben mit meinem Körper eins, fest verschmolzen. Die Worte der Ärztin aus der neurologischen Fachklinik waren nun regelmäßig in meinem Kopf präsent – berufliche Neuorientierung. Es muss sich was ändern – aber was? Meinen Beruf lebe ich doch mit Leidenschaft und Hingabe aus, welche Aufgabe, welche Arbeit würde mich gleichermaßen so erfüllen? Momente und Stunden der Ratlosigkeit gingen ins Land. Viele Faktoren spielten eine tragende Rolle: Keine körperlich schwere Arbeit mehr und gefallen sollte mir das neue Aufgabengebiet auch. Bis mir eines Tages die zündende Idee kam. Eine Arbeit mit Kindern schwebte mir vor. Frischen Mutes und voller Tatendrang ging ich ans Werk und schrieb eine Bewerbung um die andere. Unterlagen analysieren, Überblick verschaffen, bestehende Kontakte nutzen, Auswahl fokussieren, Initiative ergreifen, den inneren Schweinehund überwinden und zum Vorstellungsgespräch mit erhobenem Haupt und gerichteter Krone wackeln. Meine Bemühungen zeigten schnell die ersten Früchte, wie man so schön sagt. Die Auswahl von potenziellen neuen Arbeitgebern war überschaubar. Meine Auswahl fiel auf eine kinder- und jugendärztliche Praxis. Das Arbeitsverhältnis startete am 1. Januar 2017 auf unbefristete Zeit. Körperlich und gesundheitlich erholte ich mich zusehends. Die körperlichen Beschwerden waren zwar noch vorhanden, aber für mich erträglich und nicht vergleichbar mit der anstrengenden, schweren Akkordarbeit im Pflegeheim. Es war eine gute Lösung, mit der ich leben und umgehen konnte. Die neu aufgenommene Arbeit mit den Kindern, egal ob sie wegen Krankheit oder gesund zu den Vorsorgeleistungen und Impfterminen in die Praxis kamen, ermöglichte mir die

17

schönsten Momente (auch emotional) in meinem beruflichen Werdegang. In diese Arbeit und Praxis habe ich mein ganzes Herzblut gesteckt. Auf das Thema Kinderarztpraxis werde ich zu einem späteren Zeitpunkt, im Kapitel 5, noch einmal tiefgründiger eingehen. Zusätzlich zu meinem Haupterwerb suchte ich mir einen Nebenerwerb. Seit März 2020 arbeite ich für die Kassenärztliche Vereinigung Sachsen, in der Bereitschaftspraxis Bautzen. Meistens bin ich in der Kindernotfallambulanz anzutreffen – wo sonst. Denn meine Arbeit mit den Kindern wurde, im Laufe meiner Arbeitszeit in der Kinderarztpraxis, für mich zu meiner wahren Berufung. Fragt Ihr Euch, wie ich es zeitlich time, mein Buch, neben meiner Arbeit und den täglich anfallenden Verpflichtungen, zu schreiben? Wenn Ihr durchhaltet und mein Buch bis zum Ende lest, werdet Ihr es erfahren. Und jetzt wünsche ich viel Freude beim Schmökern. Brüht Euch einen aromatischen Kaffee, kocht Euren Lieblingstee. Stellt Euch etwas Süßes parat, das ist Balsam für die Seele. Und das Buch liest sich fast von allein. Lehnt Euch zurück, Beine hoch. Macht es Euch gemütlich. Los geht's.

„In Krisenzeiten wird unser Leben auf die Probe gestellt.
Es lässt uns spüren, wie verletzlich und wertvoll es ist!"

2

*„Und plötzlich entscheidet das Herz Dinge,
die sich der
Kopf niemals vorgestellt hat!"*

In meinem zweiten Kapitel schwelge ich in der Erinnerung an meine Schulzeit. Könnt Ihr Euch noch an Eure eigene Schulzeit erinnern? Gab es etwas, was Euch in diesen Jahren besonders geprägt hat, oder wodurch Ihr Euch verändert habt? Das blühende Teenageralter, mit seinen Sturm- und Drangzeiten und den ungezählten Selbstfindungsphasen. Die Fragen, wer bin ich, wer will ich sein, waren ständig gegenwärtig. Der erste Freund. Bin ich ein Mitläufer oder werde ich meinen eigenen Weg einschlagen und gehen? Gründe ich eine Mädchengang und werde deren Anführerin? Wie sah Euer damaliger Kleidungsstil aus? Als Heranwachsende hatte man immer wieder Probleme mit Pickel und Co., das erste Ausprobieren von Makeup, Haarfarbe und wechselnden Frisuren, das Brechen von auferlegten Regeln der Eltern. Das Einsetzen der ersten Regelblutung. Warum bluten eigentlich wir Frauen? Wäre es nicht netter, wenn die Männlichkeiten die Periode bekommen würden? Das Gebären der Kinder könnte ja weiterhin unser Part bleiben. Denn mal ehrlich, wir Frauen sind und bleiben das stärkere Geschlecht und ertragen weitaus mehr Schmerzen als das männliche Geschlecht. Oder? Fragen über Fragen. Ein aufregender Abschnitt, den jeder meiner Leser und Leserinnen bereits beschritten und für sich durchlebt hat. In diesem Abschnitt werdet Ihr eine Menge über mich erfahren. Wer ich zu dieser oben genannten Phase war und wer ich heute bin. Was aus mir geworden ist. Natürlich werde ich nicht alles preisgeben, werde dabei authentisch bleiben und Euch die wichtigsten Eckdaten mitteilen. Im zweiten Kapitel werde ich auch über die Anfänge von Juniherz berichten. Über Juniherz an sich (zum Beispiel: warum das den Buchnamen Juniherz trägt, ob es ein Happy End geben wird, wie es weitergeht, und ob mein bedrücktes Herz jemals diese Sehnsucht nach Liebe und dessen Seele spüren darf). Dies ist an dieser Stelle noch offen und nicht absehbar. Das können Ihr dann, zum gegebenen Zeitpunkt, ausführlich im Kapitel 4 nachlesen. Mein Buch ist kein Roman, es soll eher meine biographische Selbstdarstellung mit Einblicken von episodischen Lebensabschnitten sein. Sie haben mich geprägt und gefestigt und zu dieser Person heranreifen haben lassen, die ich heute bin. Eine starke Frau, die nach jedem noch so heftigen Sturm wieder auf die Beine und zurück ins Leben findet. Wo Glück und Freude meine Begleiter waren. Über Situationen und Tiefschlägen, die mir mehr als nur einen Schlag ins Gesicht verpasst haben und mir dadurch Seelenschmerz zugeführt haben. Eine Selbstdarstellung seiner eigenen Person und der damit verbundenen Persönlichkeiten, Charakterzüge und Schwächen ist kein einfaches Unterfangen. Selbstkritik stellt immer eine große Herausforderung an sich selbst dar. Selbstdarstellung ist die Art und Weise, wie sich ein Selbst, ein Ich anderen gegenüber darstellt. Das kann über den Ausdruck von nonverbalen Verhalten (auf die Körpersprache bezogen) oder direkt über sein Äußeres Erscheinungsbild vermittelt werden. Habt Ihr schon einmal versucht, sich selbst zu beschreiben, sich Gedanken über Ihre eigene Person, Stärken und Schwächen gemacht? Na gut. Ich starte jetzt mein Experiment und beginne mit meiner Selbstdarstellung. Let's go! Ich bin 1,65 cm groß und mein Gewicht schwankt momentan zwischen 50–54 kg. Ein Gewicht, mit dem ich mich angefreundet habe, es ist krankheitsbedingt und nicht absichtlich erworben. Noch vor 20 Monaten brachte ich stolze 81 kg auf die Waage. Zahlreiche Diäten, Ernährungsumstellungen und Sport waren nie erfolgreich. Zu jener Zeit meines Übergewichtes hasste ich meinen Körper, fand mich hässlich, diese Masse an Fett machte mich zu einer unattraktiven Frau. Vage erinnere ich mich, dass ich zu Schulzeiten um die 65 kg gewogen habe. Aber, mal unter uns gesprochen, spielt es eine wichtige Rolle, wie viel Körpergewicht man mit sich rumschleppt oder überwiegen nicht die inneren Werte eines jeden Menschen? Diese Erkenntnis brachte erst meine Erkrankung, im Laufe der Zeit, mit sich. Während meiner Schulzeit war ich ein spontanes, quirliges, aufgewecktes, tollpatschiges, fröhliches junges Mädchen. Ich war für jeden Spaß und Schabernack zu haben. Wenn es darum ging, Blödsinn auszuhecken, war ich stets an erster Front dabei. Meistens führte ich diese Teufeleien auch noch an. Heute ist von dem spontanen, fröhlichen Mädchen von einst nicht wirklich viel übriggeblieben. Zu gerne habe ich männliche Mitschüler geärgert, Schulutensilien versteckt oder Klassenkameraden im Schrank eingesperrt. Ja, Ihr lest richtig, weggesperrt. Einer meiner Mitschüler wurde in einen Zimmerschrank eingepfercht. Er war ein geduldiger Junge, kein sich wehrendes Opfer. Es war leichtes Spiel für mich und meine Komplizinnen. Meistens hat er alles geduldig über sich ergehen lassen. Ich glaube, dass es ihm dennoch gefallen hat. Somit stand er notgedrungen immer im Mittelpunkt des Geschehens. Der Schrank blieb während des Unterrichtes stumm, kein Lebenszeichen seinerseits. Kein Hilferuf seinerseits, nicht mal unser Lehrer vermisste seine Teilnahme am Unterricht, obwohl die Schulbank mit Lehrmaterial bestückt war. Nur ein zartes Klopfen aus dem Schrankinneren durchdrang den Klassenraum. Unsere Klasse lachte laut auf, mit unserem Gelächter steckten wir auch unsere Lehrkraft an. Die Befreiung unseres Klassenclowns stand kurz bevor. Ich bin der festen Überzeugung, dass wir zu unserer Schulzeit super Lehrkräfte hatten. Wir Schüler hatten noch gebührenden Respekt vor unseren Lehrern. Der Umgang miteinander war warmherzig und die Lehrkräfte ließen uns genügend Freiraum, um uns individuell entwickeln zu können. Sie wussten, wie sie unsere Klasse zu führen und jeden Einzelnen von uns „zu nehmen" hatten. Sie machten nie ein großes Gewese wegen meiner, oben kurz beschriebenen, spaßigen Aktion. Aber übers Ziel hinaus durften wir nicht schießen. Das hätte dann auch Konsequenzen für jeden Einzelnen von uns gehabt.

Dessen waren wir uns bewusst. Ich selbst würde mich dennoch als Vorzeigeschülerin bezeichnen. Unsere Tampons und deren unterschiedliche Saugstärken haben wir auch an unseren Jungs getestet. Aber nicht auf dem Schulgelände. Diese speziellen Tests führten wir in unserer Freizeit im ansässigen Freibad durch. Unser Klassenclown war nicht nur in der Schule, sondern auch in der Freizeit unser Lieblingsopfer. Zu viele unterschiedliche Opfer sind auch nicht immer von Vorteil. Immerhin wussten wir ja, was wir an unserem Liebling hatten und schätzten sein ausdauerndes Testvermögen. Er verbrachte seine Freizeit meist freiwillig mit uns. Ungebrauchte Tampons wurden zweckentfremdet und jeweils eines in jedes Nasenloch oder Ohr, mehr oder weniger vorsichtig, eingeführt, um sie anschließend mit Wasser zu übergießen. Mensch, wie schön dick doch die Tampons aufquellen können. Herrlich! Okay, das Entfernen der Tampons war sicherlich unschön und etwas schmerzhaft für den Betroffenen. Aber schlussendlich mussten die Tampons auch wieder entfernt werden. Was reinflutscht, flutscht auch irgendwann wieder raus. Oh Mann, ich könnte Euch Geschichten erzählen. Wenn ich an diese unbeschwerte Zeit zurückdenke, wird mir gleich ganz warm ums Herz. An dieser Stelle möchte ich betonen, dass es nie unsere Absicht war, andere zu verletzen oder ihnen absichtlich Schmerzen zuzuführen. Es blieb alles nur bei dummen Jugendstreichen. Hat die nicht jeder von uns gemacht? Nicht, dass Ihr noch einen falschen Eindruck von mir erhaltet und am Ende von mir denkt, dass ich eine Frau mit sadistischen Zügen bin, die auf Folter und Schmerzen abfährt. Mein äußeres Erscheinungsbild würde ich wie folgt beschreiben: „Normaler Durchschnitt", nichts Besonderes, nicht hässlich, aber auch keine Schönheitskönigin, nach der sich jeder Junge umgedreht hätte und ihm dabei der Sabber aus dem Mund getropft wäre. Ich muss mir eingestehen, dass ich mich als Teenie nie sonderlich hübsch oder anziehend gefunden habe. Mit meinem Äußeren war ich nie wirklich zufrieden, ich hatte immer Selbstzweifel, nicht gut genug zu sein. Diese Zweifel haben mich bis in mein jetziges Alter begleitet.

Ich kann mich nur schwer von ihnen trennen. Sie sind ein fester Bestandteil meines Ichs. Alle anderen Mädchen sahen für mich immer schöner aus. Sie hatten großen Busen, ihre Nasen waren nicht krumm oder hatten einen Nasenhöcker, manche hatten Sommersprossen – übrigens liebe ich Sommersprossen –, Beine und Po formten eine ansehnliche Silhouette, prächtige Haare mit tollen Frisuren und Makeup, was zu ihrem Teint passte. Im Laufe meiner Schulzeit wechselte ich öfters die Haarfarbe, mal ein knalliges Rot oder Schwarz. Der fatalste Fehler war, wasserstoffblonde Strähnchen zu färben. Ihr könnt Euch nicht vorstellen, wie schrecklich ich damit aussah und wie kaputt meine Haare anschließend waren. Damals hätte ich Udo Walz gebraucht, der sich rührend um das Malheur gekümmert hätte. Er hätte mit Sicherheit einen Ausweg gefunden, um meine kaputte Mähne zu retten. Mein letzte Rettung war der ansässige Friseur, der mit meinem Haarbuschen kurzen Prozess machte und ihn ratzeputz kurz schnitt. Nun waren sie so kurz, dass ich mit Haargel meines Bruders meinen Jungenhaarschnitt in Form bringen konnte. Das war mein Untergang, mein Selbstbewusstsein versteckte sich im Keller. So konnte ich unmöglich unter Menschen gehen. Eine blonde Perücke meiner Schwester kam in die engere Auswahl. Oh, wie gruselig, keine wirklich tolle Idee, ich sah verboten damit aus. Schnellstmöglich musste ich einen passenden Lösungsweg finden. Unmöglich konnte ich am kommenden Montag so das Schulgebäude betreten. Ich stibitzte mir das Basecap meines Bruders – gar nicht mal so übel, akzeptabel. Die Not macht eben erfinderisch. Jetzt brauchte ich nur noch eine plausible Ausrede, warum ich es im Unterricht nicht absetzen kann. Heute trage ich auch noch gern ein Basecap. Aber nicht, weil ich kurze Haare habe, nein, weil es mich kleidet. Es verleiht mir etwas Schelmisches. Ich probierte viele Frisuren während meiner Jugendzeit aus, kurze Haare – eher unfreiwillig –, lange Haare mit oder ohne Locken. Eine Bobfrisur kam auch in die engere Auswahl. Heute trage ich langes, rotes Haar, nach Lust und Laune auch mal gelockt, wild zusammen gezwirbelt mit einem Haargummi oder einer Haarklammer. Frisurentechnisch bin ich etwas ungeschickt und nicht ausdauernd genug. Zwar sind die Haare mittlerweile dünner, und hie und da blinzelt mir ein graues Haar zu, aber das darf so sein – das bin ich! Ich bin ja immerhin keine zwanzig mehr. Für die kleinen Schönheitsmakel gibt es ja Rossmann und Co. mit seiner riesigen Farbauswahl für ergrautes Haar, die unsere Frauenherzen schneller schlagen lassen. Ja liebe Männer, damit kann man Frauen auch glücklich machen. Zum Friseur gehe ich nach wie vor, mit gemischten Gefühlen. Die Angst vor einer eventuellen Körperverletzung sitzt noch zu tief. Friseure und Friseurinnen machen generell, was sie wollen, schnippeln wild drauf los. Ich als Kundin stelle mir immer ein anderes Endresultat vor, wie es werden soll. Deswegen greife ich gern selbst zur Schere, der Spliss der Spitzen muss ja irgendwann mal weg. Meine Hundeschere ist sehr scharf und schneidet präzise. Damit erziele ich top Ergebnisse. Kann ich Euch nur weiterempfehlen. Trotz meines verrückten Wesens bin ich ein absoluter Kumpeltyp, auf mich ist Verlass. Wenn mich einer braucht, bin ich zur Stelle. Wenn einer meiner Freunde Probleme hat, schenke ich ihm meine volle Aufmerksamkeit, bin ein guter Zuhörer, sage aber auch meine ehrliche Meinung zur jeweiligen Thematik, suche Lösungsansätze, um zu helfen, zu vermitteln und Trost zu spenden. Das kann ich, übrigens stundenlang, ohne dabei einzuschlafen. Ich bin ein sehr gutmütiger Mensch, lasse mich aber ungern ausnutzen, sobald ich das merke, ist bei mir Schicht im Schacht. Zu oft war dies in der Vergangenheit der Fall. Das war aber ein langer Lernprozess, bis ich es gezielt umsetzen konnte. Menschen, die lügen, sind für mich ein absolutes No-Go. Ich bevorzuge die ehrliche Variante, und ICH-menschen setzen bei mir keinen Schritt mehr über meine Türschwelle. Früher habe ich viel und gerne gelacht, in den letzten 18 Monaten gab es für mich weniger zu lachen, und dadurch fällt es mir auch zunehmend schwerer, aus vollem Herzen zu lachen. Lachen war früher für mich die beste Medizin und der erste Schritt zur Selbstheilung. Lachen befreit und hat eine antidepressive Wirkung auf unseren Körper. Mein heutiges Aussehen im Gesicht ist von vielen großen und kleinen markanten Lachfalten um die blauen Augen und die Mundpartie gezeichnet. Meine Haut bekommt durch die Sonneneinstrahlung bräunliche Alterspigmente – die gefallen mir besonders gut, sie kleiden mich. Die gebe ich nicht mehr her. Auf meiner To-Do-Liste vermerke ich ab heute Folgendes: **Mehr lachen!!!** Ich bin zielstrebig und gewissenhaft, sehr strukturiert unterwegs – das vermittelt mir Sicherheit. Wenn ich ein Projekt starte, bringe ich es auch zu Ende. Halbe, unerledigte, liegengelassene Dinge sehe ich ungern. Aufgeben ist für mich keine Option. Heute erledige ich meine Aufgaben in Etappen, je nachdem, wie mein Körper die benötigte Kraft dazu aufbringen kann. Rom wurde ja auch nicht an einem Tag erbaut, oder? Durch meine innere Stärke und mein Durchsetzungsvermögen wirke ich auf mein Gegenüber oftmals arrogant. Selber empfinde ich das nicht so. Was ich nicht unter den Tisch kehren darf und aufzählen möchte, sind meine Hobbys. Ich bin ein sehr kreativer Kopf. Egal, ob Arbeiten am oder im Haus anfallen – die dazu benötigten Maschinen kann ich selber bedienen –, Umbaumaßnahmen oder Veränderungen in den Wohnbereichen anstehen, meistens liegt der fertige Plan sofort in meinem Kopf parat, und es kann losgehen, ein visueller Typ eben. In den Sommermonaten verwirkliche ich mich in meinem Zweitwohnsitz, dem Garten (wenn wespenfreie Zone herrscht), oder ich gehe meiner geliebten Malerei nach, dem Acryl Pouring. Oder ich zeichne bzw. skizziere frei Hand. Es gibt fast nichts, was ich in die Hand nehme, was mir nicht gelingt. Das hat mich mein Leben lang mit Stolz erfüllt, mir wurden die unterschiedlichen Begabungen sprichwörtlich mit in die Wiege gelegt. Die Menschen, die meinen Lebensmittelpunkt bestimmen, liegen mir unendlich am Herzen. Für sie würde ich Himmel und Hölle in Bewegung setzen, damit es ihnen gut geht und an nichts fehlt. Ich ertappe mich öfters, wie ich dabei über meine eigenen Grenzen gehe. Aber wer würde das für seine Herzensmenschen nicht tun? Selbstverständlich habe ich mir auch Gedanken über meine Schwächen und negativen Eigenschaften gemacht. Die Selbsterkenntnis war ernüchternd. Aber auch negative Eigenschaften können sich positiv auf unsere Lernprozesse auswirken. Lernen ist der Prozess, bei dem Wissen durch die Umwandlung von Erfahrungen entsteht. Wenn Mitmenschen Kritik an mir ausüben, kann ich diese Kritik meistens konstruktiv schlecht umsetzen. Oftmals fühle ich mich durch das Gesagte persönlich angegriffen, obwohl dies nie der Fall ist. Ich brauche lange, um mich mit dieser Kritik auseinanderzusetzen. Nach kritisch geäußerten Worten, Meinungen und Einschätzungen benötige ich Raum und Zeit, um darüber nachzudenken. Ich muss es erst auf mich wirken lassen und in mich kehren. Meist versuche ich dann zu reflektieren und komme, der Situation geschuldet, einen Schritt auf mein Gegenüber zu. Dies ist aber nicht immer so und kein einfacher Schritt meinerseits. Wenn ich mich aber im Recht wähne, kann ich auch auf Durchzug schalten, dann dauert es deutlich länger, um mich zu öffnen und andere Meinungen anzunehmen oder sich im Thema mittig zu treffen. Meine ersten Reaktionen sind oft Schweigen, ich werde bockig oder zicke rum, in mir steigt die Hitze im Körper auf – so beschreiben mich zumindest die Menschen, die sich in meinem näheren Umkreis aufhalten. Zudem äußere ich auch oftmals zu schnell, was mir gerade durch den Kopf geht. Das kommt bei meinem Gesprächspartner häufig falsch an und führt zusätzlich zu Konfrontationen. Jetzt habe ich mir angewöhnt, die betreffende Situation kurz, oder manchmal auch etwas länger, im Raum stehen zu lassen, um zu gegebenem Zeitpunkt eine passende Antwort, ohne verletzenden, wertenden Inhalt zu äußern. Manchmal klappt es aber noch nicht so, wie erwünscht. Meine Mitmenschen sind in dieser Hinsicht sehr geduldig mit mir. Und dafür bin ich ihnen unendlich dankbar. Denn eigentlich meine ich es nicht so und ärgere mich im Nachhinein über mich selbst, wie ich bin und oftmals auch nicht anders sein kann – für mich eines der schwersten Lernprozesse überhaupt. Aber, ich arbeite jeden Tag weiter an meinen negativen Strukturen und gebe mich ihnen nicht hin. Ich bin doch kein Sklave meiner eigenen

Negativitätsverzerrung! Ich schlafe gerne und viel. Das habe ich wohl schon als Kleinkind gerne und überall getan. Sei es beim Zahnarzt, während einer Fahrradtour im Körbchen, im Laufgitter etc. Meine Mutti hat mir berichtet, dass sie wegen mir einen Nervenzusammenbruch hatte und der im Dorf wohnende Arzt zur Hilfe herbeieilen musste. Ich war im Kleinkindalter. Heute frage ich mich, wie konnte das nur passieren und ob ich wirklich so ein Rabauke gewesen bin? Laut Aussagen meiner Eltern habe ich doch nur geschlafen! Wir nehmen es jetzt mal so zur Kenntnis, ohne weitere Wertungen. Vergangenes sollte man doch ruhen lassen! Nicht wahr? Grins!

Zusammenfassung:

Ich bin ich! Ich bin authentisch und keine billige Kopie. Ich bin einzigartig und es gibt mich nur einmal. Und das ist auch gut so! Und wer mich verbiegen will, wird auf Granit beißen! Jeder von uns sollte so bleiben, wie er ist, mit allen positiven und negativen Behaftungen, denn das macht diese Person so besonders. Und auf keinen Fall sollte man sich für sein Gegenüber verändern, nur damit man gesehen wird, es passt, oder sein Ich so ist, wie der Andere es gerne hätte. Verändere dich niemals für andere, denn es gibt Menschen, die dich so lieben wie du bist. Und die Richtigen werden bleiben.

„Bleib einfach so, wie du bist, ganz egal, wie du auch aussiehst. Es ist wirklich egal, ob du groß oder klein, ob dick, ob dünn, das Wesentliche ist nicht der Körper. Wichtig ist das Herz allein. Will man dich auch noch so verbiegen, was natürlich Unrecht ist, stehe treu zu deinem Ego. Sei ganz einfach der, der du bist. Gerade die, die an dir zerren, haben oftmals keinen Stil, spotten darum über andere. Sie zu kränken, ist ihr Ziel. Daher bleib so, wie du bist. Du bist einmalig und wundervoll!"

In meiner Sturm- und Drangzeit habe ich ausschließlich nur schwarze Kleidung getragen. Selten kam mal bunte Kleidung in Betracht. Schwarz macht ja für gewöhnlich auch schlank, oder? Das war aber nicht der ausschlaggebende Grund für meine persönliche Farbauswahl. Mein damaliger Musikgeschmack trug seinen Anteil dazu bei. Projekt Pitchfork, Depeche Mode und später Blutengel waren mein täglicher Ohrwurm. Später zierte ein Blutengel-Logo die Heckscheibe meines zweiten Autos. Ehrlicherweise bin ich meinem Musikgeschmack bis heute treu geblieben. Was die Farbauswahl meiner Bekleidung betrifft, da bin ich heute eher bunt unterwegs. Dominate Farben sind Beere, Türkis, Weiß und natürlich Schwarz. Schwarz wird meistens mit farbigen Kleidungsstücken kombiniert. Äußere Veränderungen im Leben gehören dazu. Veränderungen sind dennoch unbequem. Man gibt seine Routine auf, in der du dich einst wohlgefühlt hast. Sie sind dafür umso wichtiger und spiegeln unsere Entwicklung wider. Die Grund- und Mittelschule waren damals im gleichen Ort untergebracht. Wir Glücklichen, heutzutage ist dies ja nicht mehr gang und gäbe. Und unsere Kinder müssen mit Bussen in andere Ortschaften pendeln, um an der dort ansässigen Schule zu lernen. Wir hatten kurze Schulwege, diese waren zu Fuß schnell zu erreichen. Die meisten Eltern hatten ihre Arbeitsstelle im Ort, somit für uns erreichbar – Pluspunkte eines Dorfkindes. Übrigens bin ich stolz darauf, ein Dorfkind zu sein. Von **1988–1992** besuchte ich die Grundschule. Es waren drei flache Gebäude gleichen Stils und gleicher Größe. Jedes Gebäude hatte eine Vorterrasse und die gleiche Raumaufteilung im Inneren. Später erfuhren wir, dass die Gebäude asbestverseucht waren. Sie wurden abgerissen. Wir DDR-Kinder hatten sogar noch Samstagsunterricht bis zur Wende, also eine 6-Tage-Schulwoche, dafür aber mehr Ferien. Das Wochenpensum hatte Auswirkungen auf unsere Sommerferien – 8 Wochen purer Ferienspaß. Mein Samstagsunterricht fand in der ehemaligen Holzbaracke im Schlosspark, gegenüber vom Schloss von 8–10 Uhr statt, dass ein oder

andere Mal bestimmt auch eine Stunde mehr. Mein Erinne-
rungsvermögen an diese Epoche ist leider nicht ausreichend
und tiefgründig genug, um Euch mehr davon zu berichten. Das
1790 errichtete Schloss diente zu meiner Schulzeit später als
Hortgebäude für unterschiedliche Klassenstufen. Und weiter
zurückliegend wurde es wohl auch als Kindergarten genutzt
(Info meiner Eltern – mein Vati selbst besuchte damals diese
Einrichtung). Zur Information: Zur rechten Hand vom Schloss
stand eine Holzbaracke im Park, eingebettet zwischen stattli-
chen, hochgewachsenen Kastanien und Laubbäumen.

Stich des Schlosses um Mitte des 19. Jahrhunderts

Von **1992–1998** besuchte ich die Mittelschule in unserem Dorf.

Die Schule bestand aus einem Haupt- und einem flachen Nebengebäude mit Pausenhof. Hier wurde von der fünften bis zur zehnten Klasse unterrichtet – mit dem Erwerb eines Haupt- oder Realschulabschlusses. Später wechselten Schüler von anderen Ortschaften an unsere Schule. Schulschließungen und/ oder -zusammenlegungen waren die Gründe hierfür. Ich war eine gute Schülerin. Das Schreiben von Einsern und Zweiern fiel mir quasi in den Schoß. Meine Jahreszeugnisse glänzten. Das Lernen für Arbeiten und Vorbereiten von Vorträgen waren keine Herausforderung, eher eine Leichtigkeit. Die für den nächsten Schultag benötigten Schulutensilien nahm ich als Bettlektüre mit. Gedichte lernte ich im Schlaf – Schlafen war und ist ja eh eine meiner Lieblingsbeschäftigungen. Somit hatte ich jeden Schulnachmittag ausreichend Freizeit, um meine Tage individuell und sinnvoll zu gestalten. Zu Jugendzeiten, jeder kennt das, war man stets und ständig unterwegs: Mit Freunden abhängen, in die Eisdiele raddeln, Fahrrad und Inliner fahren, beim Bäcker um die Ecke ein leckeres Stück Kuchen oder Florentiner holen, bummeln in kleinen Geschäften im Ort – viele Geschäfte hatte unser Ort eh nicht vorzuweisen. Aber es gab immer wieder etwas Neues zu entdecken, was man anschließend käuflich erwarb. Taschengeld in der Form, wie es heute unseren Kindern in den Arsch geblasen wird, gab es zu meiner Zeit nicht. Wenn wir etwas benötigten, haben mir meine Eltern oder Großeltern Geld gegeben. Gemangelt hat es uns an nichts. Wir waren zufriedene Heranwachsende. Nicht so konsumgesteuert, wie unsere heutige Jugend. Eigentlich traurig, oder? Im Laufe des Heranreifens trennte sich dann auch die Spreu vom Weizen. Es kristallisierten sich eine oder mehrere beste Freundinnen heraus, Gruppierungen entstanden, und die erste Liebe ließ nicht lange auf sich warten. Es waren die ersten noch ungewohnten, aufkeimenden Gefühle, die damals noch schwer einzuordnen waren. Von denen wurden wir nun umgeben, und sie bestimmten von nun an unseren Alltag. Ich selbst hatte eine beste Freundin in meiner Klasse und eine engere Freundin in der Parallelklasse. In die Klassenstufe über mir ging ein Mädchen, welches in meiner Nachbarschaft wohnte. Sie zählt bis heute zu meinen liebsten und teuersten Freundinnen. Eine Freundschaft, die sich über Jahre hinweg bewährt hat. Und noch heute ziert uns ein starkes Band der Freundschaft. Zu meinem engeren Freundeskreis zählten auch männliche Kerle, ich benenne sie Kumpels – Kumpels sind unkompliziert, zicken nicht rum, tratschen nichts weiter, heulen nicht ständig rum, wollen dich nicht begrapschen und knutschen, machen jeden Spaß und Schabernack mit. Sie stehen hinter dir, wenn man sie braucht oder vor einem, je nach Situation. An meine ersten Gefühle kann ich mich noch genau entsinnen, als wäre es gestern erst passiert. Dieses Gefühl wird sich in mir manifestieren, und bis heute trage ich es in meinem Herzen. Es war ein normaler Schultag wie jeder andere. Nichts Außergewöhnliches ist bislang passiert, keine dummen Streiche in den ersten Stunden ausgeheckt. Das Wetter ist heute nicht besonders. Nachts hat es geregnet, und es geht ein leichter Wind, es ist nasskalt, ungemütlich, ein Wetter, um eher wieder zurück ins Bett zu krabbeln. Unsere tägliche Pause auf dem Schulhof war ein Pflichtappell bei Wind und Wetter. Gruppiert und frierend stehen wir nun auf dem besagten Hof. Der eine hatte sein Pausenbrot in der Hand, die nächste Hand schmückte ein Trinkpäckchen. Meine Hände sind heute leer, meine Pausenverpflegung habe ich schon im Unterricht genüsslich aufgegessen. Ich war satt und dementsprechend zufriedengestellt. Meine Ohren vernehmen Geräusche, eine männliche Stimme spricht und lacht mit anderen Jungen. Meine Augen machen sich auf die Suche nach dem Unbekannten. Als sie fündig werden, steht er mit dem Rücken mir zugewandt. Ich kann sein Gesicht nicht sehen, wie schade. Wie es wohl aussieht? Warum nur ist er mir vorher nie aufgefallen? In welcher Jahrgangsstufe er wohl ist? Ein schlanker, etwas durchtrainierter Jungenkörper, von der Statur her größer als ich, dunkelblondes, eher schon bräunliches Haar. Seine Stimme klingt warmherzig und ruhig. Sein Lachen von unvergleichbarer Schönheit, tief vom Herzen kommend. Jedes seiner Worte hüpft wie unzählige, kleine Noten durch meinen Körper. Jetzt steht mein Körper unter Stress, jede Zelle meines Körpers ist plötzlich so angespannt, ich werde unruhig. Übelkeit steigt aus meiner Magengegend auf – ein unangenehmes Gefühl. Was passiert mit mir? Ich kann nicht mehr wegschauen, ich will seiner Stimme weiter lauschen, bitte hör nicht auf zu sprechen, sie berauscht mich. Das Läuten der Schulglocke reißt mich in die Realität zurück. Mist, warum muss der Unterricht jetzt weitergehen? Mein Kopf weist andere Pläne auf. Ich will nicht zurück ins Klassenzimmer. Ich will wissen, wer er ist, jetzt sofort und nicht erst Morgen. Alles will ich von ihm wissen. Widerwillig trotte ich meiner Freundin ins Klassenzimmer hinterher. Träumend, realitätsfern verbringe ich die restlichen Unterrichtsstunden. Wie in Zeitlupe wackle ich nach Hause, beschwipst von Glücksgefühlen. Mein Gefühl hat mich noch nie betrogen. Er ist es. In jenem Moment auf dem Schulhof hat seine Stimme meine Seele gestreichelt, tief mein Herz berührt. Seit diesem besagten Tag trage ich dich, lieber Unbekannter, fest verankert in meinem Herzen, ohne zu wissen, wer du bist und wie du aussiehst. Mein Herz hat sich für dich entschieden. Für den Rest meines Lebens. Die kommenden Tage und Wochen sind unerträglich für mich. Ich, die Anführerin sämtlicher Streiche und Teufeleien bekommt es nicht geregelt, ihn anzusprechen. Man muss doch einfach nur zu ihm rüber gehen und sagen: „Hi, hier bin ich! Was geht ab?", oder, „wollen wir mal zusammen zur Eisdiele radeln?" Aber ich, ich bin ein jämmerlichster Feigling! Und stehe mir selbst im Weg! Das Leben hingegen spielt weiter seine eigene Melodie. Und wie es letztendlich im Leben kommt, so ist es dann auch in meinem Fall eingetreten. Heute bin ich mir sicher, dass für jeden von uns die Lebensgeschichte schon vorgeschrieben ist, wie ein mehr oder weniger gutes oder schlechtes Buch. Wollt Ihr wissen, was passiert ist? Meine oben genannte, engere Freundin aus der Parallelklasse stellte mir eines Tages ihren neuen Freund vor! Taumelig und kurz vor der Ohnmacht, nahm ich die Neuigkeiten zur Kenntnis. Ihre Offenbarung traf mich wie ein harter Faustschlag mitten ins Gesicht. Seine Stimme war es doch, die MICH zuerst berührte, die ICH zuerst gehört habe. Das war nun die Strafe für mein feiges Handeln. Etwas Positives hatte diese Situation dennoch. Ich sah ihm zum ersten Mal in sein Gesicht und ich muss gestehen, wenn ich heute noch meine Augen schließe, sehe ich ihn ganz deutlich mit jedem Detail vor mir, als wäre es gestern erst geschehen. Er ist ein wunderschöner, junger Mann, das Ebenbild seiner berauschenden Stimme. Seine Augen sind mandelförmig in seinem Gesicht angelegt, leuchtende, hellblaue Augen – ich vergleiche sie mit den Augen von Terence Hill. Ja, das ist treffend. Wenn ich ihm in die Augen schaue, kann ich bis in sein Inneres vordringen. Ich sehe seine Seele. Und diese Seele würde perfekt mit meiner Seele verschmelzen. Ich habe meinen Seelenverwandten in ihm gefunden. Ich glaube, dass es das ist, was ihn so besonders und für mich reizvoll gemacht hat. Der Situation gab ich Akzeptanz und Raum. Was blieb mir auch anderes übrig. Anderen ihr Glück zu gönnen, ist auch ein Zeichen von Stärke. Anfänglich starteten wir zu dritt Unternehmungen. Oder meine beste Freundin aus meiner Klasse war zugegen. Irgendwann war mir das aber zu viel. Ich fühlte mich fehl am Platz, wie das fünfte Rad am Wagen. Mein Herz hüpfte immer wild in meiner Brust, wenn er in meiner Nähe war. Ich fand keinen passenden Ausweg, diese Gefühle zu unterbinden oder auszublenden. Ich fühlte mich zu ihm hingezogen und das war falsch, falsch auch meiner Freundin gegenüber. Von meinen Gefühlen zu ihm wusste sie kein Wort. Warum auch? Ich wollte es nicht gleich an die große Glocke hängen, auch nicht meinen Freundinnen erzählen, dass es da jemanden gibt, der mein Herz berührt hat. Die Unternehmungen zu dritt wurden weniger. Oftmals wollten die Beiden auch allein unterwegs sein. Das ist ja normal und verständlich. Ich war froh darüber. Mit meinem Seelenschmerz zog ich mich zurück. Ab und an sahen wir uns in einem Jugendclub des Ortes. Der Jugendclub war in einem kleinen Häuschen untergebracht, in der Nähe der Schutthalde. Im Eingangsbereich standen ein Sofa und ein Tisch, linker Hand ging es in einen kleinen Raum, ähnlich einer Stube, auch mit Sitzgelegenheiten und einem Tisch bestückt, Fernseher und Radio waren auch vorhanden. Von dort ging es geradeaus in unseren Tanzraum mit kleinem DJ-Pult mit Musikboxen und Discokugel an der Zimmerdecke. Der Raum war stets abgedunkelt. Von der Stube aus gesehen links, war eine kleine Küche angelegt. Dort konnte man Getränke zu erschwinglichen Preisen käuflich erwerben. Ausreichend für uns Teenies, es war sauber und wir hatten eine trockene Unterkunft für Treffen. Einen Ort, wo wir uns aufhalten durften, ohne verscheucht zu werden. Freitags war immer Disco – Dorfdisco. Das waren noch Zeiten. Herrlich. Unseren Musikwünschen wurde nachgegangen, es war ein gemütliches Beisammensein und eine willkommene Abwechslung zum Schulalltag. Leider gibt es diesen Jugendclub nicht mehr. Wegen sämtlicher Wegrationalisierungen durch Gemeinden und Kommunen lungern unsere Teenies auf Spielplätzen oder Busbahnhöfen rum. Sie saufen, rauchen und randalieren unkontrolliert. Wir Eltern sollten uns dafür einsetzen, dass mehr solche Plätze und Räumlichkeiten, wie es sie zu meiner Jugendzeit gab, wieder zur Verfügung stehen. Eine Frage an unsere Kommunen, habt Ihr keine Gelder für derartige Projekte? Für alles andere, Unnötige reicht es doch auch! Liegt Euch das Wohl der Kinder, die in Euren Gemeinden wohnen, nicht auch am Herzen? Die Zeit und die damals gegebenen Umstände veränderten mich, ich zog mich immer mehr zurück, wirkte kühl und abweisend, unnahbar und stellenweise überwog die Arroganz in mir. Mir fielen zahlreiche Ausreden ein, um bei Unternehmungen nicht präsent sein zu müssen. Einen Scheiß musste ich! Mit keiner Silbe habe ich mir je etwas anmerken lassen. Vielleicht war es der falsche Schachzug. Manchmal sollte man Herzensangelegenheiten aussprechen, um wieder frei atmen zu können. Insgeheim hoffte ich, dass die Situation sich irgendwann von allein klärt, regelt und zu Gunsten meinerseits ausfällt. Leider regelte sich nichts von allein. Mein angelegter Schutzpanzer verfestigte sich zusehends. Damals waren meine Freunde der felsenfesten Überzeugung, wenn auch ich endlich einen Partner und Freund finden würde, dass sich dann dadurch mein anhaltender Gemütszustand wieder normalisieren könnte. Wie falsch sie doch alle lagen. Wenn sie gewusst hätten, warum es mir eigentlich so elend ergangen ist ... Es dauerte nicht lange, bis meine Freundin aus der Parallelklasse mir einen potenziellen Partner unter die Nase rieb. Sie stellte ihn mir an einem Freitag in der besagten Dorfdisco vor. Mir blieb ja nichts anderes übrig. Das von ihr eröffnete Spiel führte ich fort – mit dem nächsten Zug war ich an der Reihe. Er war in etwa so groß wie ich, breite Schultern, etwas stärker gebaut – aber nicht dick, blonde Haare. Wenige Sommersprossen zierten sein blasses Gesicht. Er trug eine Brille. Sein Lächeln war verschmitzt und er lachte viel – das gefiel mir an ihm besonders gut. An einem seiner Handgelenke trug er ein Bandeau Tuch. Das war zur damaligen Zeit trendy. Während unseres ersten Gesprächs waren wir beide sehr aufgeregt, seinen Blick senkte er öfters zu Boden. Ja, vielleicht lag es auch an mir? Wer weiß. Im Gespräch bemerkte ich bereits, wie intellektuell er war. Von dieser Eigenschaft war ich mehr als nur angetan. Ich mochte schon immer Menschen, mit denen ich gute Gespräche führen konnte. Er war etwas älter und besaß schon seinen Führerschein und sein eigenes Auto. Das war für mich aber weniger von Interesse. Diese Verkupplungsaktion zog einen bitteren Beigeschmack nach sich. Der mir vorgestellte junge Mann war der beste Freund von Juniherz. Schlimmer konnte es nicht kommen. Von nun an fanden zwischen uns regelmäßige Treffen statt, mit oder ohne unsere Freunde. Mittlerweile war ich auch neugierig und wollte immer mehr von ihm erfahren, ihn kennenlernen. Und ja, irgendwie tat mir diese willkommene Ablenkung doch ganz gut. Und mein Fokus lag nicht mehr unentwegt auf dem Freund meiner Freundin. Aber seine Präsenz in meinem Kopf blieb unverändert. Mein Fokus hatte einen neuen Namen. Wir verbrachten unterdessen jede Minute unserer Freizeit zusammen. Meistens waren wir zu viert anzutreffen. Also meine Freundin aus der Parallelklasse, ihr Freund, mein Freund und meine Wenigkeit. Im Grunde genommen waren wir vier ein gutes Team. Von den Charakteren her passten wir auch perfekt zusammen. Es entwickelte sich eine intensive Vierer-Freundschaft. Zu unseren vielseitigen Unternehmungen zählten unter anderem, Billard- und Dartspiele, Ausflüge in die nähere Umgebung, Wandertouren durch die Sächsische Schweiz, erste Zelterfahrungen an der „Blauen Adria", ein Campingplatz mit See, der im Laufe unserer Jugendzeit zu unserem Lieblingshotspot gekrönt wurde, sonstige Badeausflüge, Pizza und Döner essen. Oder wir haben uns mit den Autos an einer Tankstelle oder beim Bolzplatz getroffen, um dort unsere gemeinsame Zeit zu verbringen. Später erkundeten wir auch eine Disco im Nachbarort. Es war eine aufregende und abwechslungsreiche Adoleszenz. Diese wichtige Entwicklungsphase mit prägenden Ereignissen, hat jeden von uns persönlich gestärkt, geformt und teilweise auch verändert. Sie hat uns auf das Leben vorbereitet. Sich selbst zu entdecken, ist eine interessante Reise in sein Inneres. Hier im Buch werde ich auf unsere Zelttouren an die Blaue Adria näher eingehen. Dort ist für mich der schönste See der Oberlausitz, mit unwiederbringlichen

Momenten. Der Zeltplatz mit seinem Badesee liegt in einem bewaldeten Gebiet. Hohe Laub- und Nadelbäume bieten einen optimalen Schutz und ein angenehmes Klima. Der Badesee entstand aus einem Tagebaugelände, in dem Kaolin abgebaut wurde, welches zu dem besonderen Azurblau des sauberen Naturwassers führte und der Blauen Adria ihren Namen verlieh. Kaolin wird unter anderem als pharmazeutischer Hilfsstoff verwendet.

Das Campingangebot besteht heute aus den folgenden Möglichkeiten: Campingfass, Zelt, PKW, Wohnmobil und Camper-Vans, Kurzzeitcamper und Dauercamper. Der Platz verfügt über Sanitärgebäude, Wohnmobilservice, Textilreinigung, Reinigungsanlagen, Internet und Ladestrom. Vom Campingplatz aus hat man direkten Zugang zum See. Der Zeltplatz wird von Personal bewacht und ist durch eine Autoschranke gesichert, die mit einem Parkticket passierbar wird. Jetzt berichte ich euch natürlich von unserem Ausflugsziel. Unsere Reisezeit war meist in die Sommermonate bzw. in die Ferienzeit verlagert. Wünschenswert war trockenes, sonniges Wetter. Wir reservierten telefonisch einen etwas abgelegenen Zeltstellplatz. Der Platz, der uns zur Verfügung stand, lag in der Nähe der Feuerwehrzufahrt, nicht weit vom Wasser entfernt, aber abgelegen genug für zwei Pärchen, die ungestört sein wollten. Die Autos unserer Freunde waren am Tag der Abreise schwer beladen mit Zelten, Luftmatratzen, Kissen und Decken, Campingstühlen und Tisch aus DDR-Zeiten, Kleidung und persönliche Utensilien, Griller und Grillkohle, Getränken, Lebensmittel und Knabbereien. Unsere Eltern gaben uns immer mehr als notwendig mit. Immerhin fuhren wir ja an einen See, der Meilen von zu Hause entfernt war, und ihre armen Kinder könnten in dieser Zeit verhungern und gar verdursten. Dennoch waren wir für die uns mitgegebenen Nahrungsmittel dankbar. Denn das, was schon an Bord war, musste nicht zusätzlich von uns besorgt und eingekauft werden, und es ging nicht von unserem geringen Ersparten ab. Unsere gemeinsame Zeit sollte ja sinnvoller umgesetzt werden. Angekommen am Zeltplatz, wurden unsere Autos auf dem Parkplatz vor dem Gelände geparkt. Erstmal mussten die Formalitäten geklärt werden, einchecken und bezahlen, Parktickets erhalten, um zu späterem Zeitpunkt das Gelände zu befahren. Zuerst wurde uns, durch eine sehr nette Teilinhaberin das Gelände ausgiebig gezeigt, die Sanitäranlagen mit den Nutzungsbedingungen erörtert, Regeln des Campingplatzes vorgestellt, und zu guter Letzt wurde uns unser Platz zugewiesen. Meine Freundin und ich verweilten an unserem Platz, bis unsere Partner mit ihren Autos eintrafen. Auf dem gesamten Gelände herrschte Schrittgeschwindigkeit. Zusätzlich sorgten Bremsschwellen für eine Geschwindigkeitsdämpfung. Das war richtig so, unter den Campern gab es auch viele Kinder auf dem Platz, und auf die umliegenden Camper sollte ja auch Rücksicht genommen werden. Jeder hatte ein Anrecht auf Erholung und Entspannung. Mittlerweile war es schon später Nachmittag, als wir vier mit dem Zeltaufbau begannen und uns einrichteten. Es war eine spaßige Angelegenheit, wir alberten viel rum, regelmäßige Kusspausen wurden eingelegt, und unsere zwei

Männer konnten sich mit einer Challenge im Zeltaufbau du-ellieren. Mit leckeren Würstchen und Grillfleisch, leiser Mu-sik und guten Gesprächen setzten wir unserem ersten Abend die Krönung auf. Den Abwasch übernahmen meistens wir zwei Mädchen. Das Geschirr zusammen gepackt in einer Schüssel, liefen wir über den dunklen Zeltplatz. Die Reinigungs- und Sa-nitäranlagen lagen nicht um die Ecke, dazu bedurfte es eines Fußmarsches. Oftmals haben wir den Abwasch gleich mit der abendlichen Körperpflege verbunden, damit wir uns ein oder zwei Wegstrecken ersparten. Duschen konnte man nur mit Wertmarken, die man vorher käuflich erwarb. Unser kurzweili-ges Zusammenleben als Neucamper war stets harmonisch. Wir ergänzten uns gut, Aufgabenverteilungen waren klar definiert. Unsere Partner umsorgten uns liebevoll. Abends saßen wir lange bei Kerzenschein zusammen. Tagsüber waren wir am See an-zutreffen, um ausgelassen im See zu toben. In der Nacht um-rundeten wir den See, ohne uns vom Wachpersonal erwischen zu lassen, mit einer Taschenlampe bewaffnet, um anschließend nackt zu baden. So etwas habt Ihr bestimmt auch getan? Mein damaliger Partner machte mich in unserer Partnerschaft glück-lich, brachte mich zum Lachen, respektierte mich – mit allen meinen Macken. Wir waren ein schönes Paar von gleicher Be-schaffenheit, was sich dementsprechend gut ergänzte. Was woll-te ich eigentlich mehr? Mehr Zufriedenheit meinerseits hätte ich mir gewünscht. Aber meine geheimen Gedanken und Wün-sche in meinem Kopf schrieben ihre eigenen Zeilen. Ich wollte den Mann, der mit seiner Stimme mein Herz so tief berühren konnte, dessen Charakter meinem ähnelte, der meine kleinen Teufeleien unterstützte und mich mit seinem Humor um den Verstand brachte. Ich liebte seinen eigensinnigen Humor. Ein einziger Blick von ihm reichte aus, um ein grandioses Feuer-werk in mir zu entfachen. Ein Feuerwerk, welches nicht enden wollte. In seiner, mich umgebenden, Nähe fühlte ich mich si-cher. Sie bot mir Schutz und Halt. Egal wie oft und wie kraft-aufwendig ich mich gegen meine Gefühle ihm gegenüber auch wehrte, änderte es nichts an der Situation! ER wird derjenige sein, den ich in den nächsten Jahren und Jahrzehnten nicht aus meinen Gedanken bekommen werden.

„Wenn das Herz dir die Befehle gibt,
wird der Körper zum Sklaven.
Gefühle fangen da an,
wo der Verstand aufhört, und sie sind stärker
als alles andere.
Sie lassen uns Dinge tun,
die wir nicht verstehen können.
Doch das Herz hat seine Gründe,
die der Verstand nicht kennt!"

An dieser Stelle möchte ich betonen, dass ich mit der Offenbarung meiner Gefühle, hier, in meinem Buch, nie jemanden von euch verletzen oder vor den Kopf stoßen wollte oder will. Aber Gefühle beherrschen ständig unser Leben. Sie sind der Motor unserer Handlungen. Durch Vernunft lenken wir unsere Gefühle, bestimmen die Richtung unseres Handelns und somit unseres Lebens. Unser Wille besteht aus kognitiver Struktur, d. h. dem Ziel unseres Willens und Gefühlen. Das sind Gefühle wie Intention, Freude und ein Schuss Aggression. Die Stärke unseres Willens hängt von unseren Gefühlen ab. Sind sie zu schwach, so erreichen wir etwas anderes, das nicht unbedingt unserer Intention entspricht.

https://www.philognosie.net/persoenlichkeit/was-sind-gefuehle-die-fuenf-grundgefuehle/12.05.2023

Und meine Gefühle habe ich viel zu lange alleine in mir getragen. Jetzt sind sie hier, nachlesbar, niedergeschrieben und ich fühle mich endlich befreit. Ich spüre, wie mir eine große Last von den Schultern fällt. Auch wenn es für den ein oder anderen schmerzhafte Worte sein werden. Trotz alledem hat mir unsere Jugendfreundschaft alles bedeutet. Jeder einzelne von Euch war und ist ein wichtiger Teil meines Lebens, den ich nie vergessen werde. Und ich danke Euch, dass ihr ein Teil dessen wart! Mit Beginn meiner Ausbildung änderte sich schlagartig alles. Unsere Vierertreffen fanden nur noch sehr selten statt. Wir entfremdeten uns, entwickelten uns weiter. Jeder ging seinen eigenen, einen neuen Weg. Die Beziehung zu meinem Jugendfreund zerbrach während meiner Ausbildung. Meine Freundin ging mit ihrem Partner in die alten Bundesländer, um sich dort ein gemeinsames Leben aufzubauen. Mein Herz war nun schwer vom Abschied und voll von neuen Eindrücken, die meine Ausbildungszeit mit sich brachte. Aber, was bei mir blieb und mir niemand nehmen konnte, weil es keiner wusste und niemand es mir ansah, sind meine Träume und Gedanken, meine Sehnsüchte nach dir, die du nun mit fortgenommen hast, weit weg von mir – und mich unwissend, allein, mit meinem Seelenschmerz zurücklässt. Jede Nacht begegnest du mir in meinen Träumen. Ich höre deine Stimme, die meine Seele tanzen lässt, rieche deinen Duft, schmecke dich. Ich berühre deine warme Haut. Wie gern hätte ich deine sinnlichen Lippen geküsst. Meine aufrichtige Liebe dir gegenüber wird für den Rest meines Lebens mein Wegbegleiter sein. Vergessen werde ich dich nie. Du bist und bleibst der wertvollste Teil, den ich in mir trage und schmerzlich werde ich dich jeden Tag vermissen. Werde ich dich jemals wiedersehen, meine Seele – mein geliebtes Juniherz?

> „Du verlierst den Boden unter Deinen Füßen
> und alles bricht in Dir zusammen.
> Du schaffst es, Dich festzuhalten,
> doch Du wartest vergeblich
> auf die rettende Hand!"

3

„Dankbarkeit ist die beste Medizin gegen Leid.
Denn sie verwandelt alles in Freude!"
– Raoul Zech –

In Kapitel 3 werde ich über das **Jahr 2007** berichten. Das Jahr, welches mein Leben grundlegend verändern wird. Es wird mir aufzeigen, wie schwer es sein wird, einen Schicksalsschlag zu ertragen und wie lange es dauern wird, ihn zu verarbeiten. Manchmal braucht das Schicksal nicht mehr als ein paar Sekunden, um das Leben eines Menschen zu verändern. **Wenn uns Schicksalsschläge widerfahren, dann erwacht in unserem Inneren eine ungeheure Kraft, von der wir vorher nichts wussten.** Menschen, mit denen es das Schicksal schon einmal oder öfter nicht gut meinte, wissen wovon ich gerade rede. **Nach einem Niederschlag können wir unsere Grenzen und Fähigkeiten neu definieren.** Dieser Moment, über den ich schreiben werde, wird mir die Luft zum Atmen nehmen, den Boden unter den Füßen zerrinnen lassen, wie Sand in einer Sanduhr – ein traumatisches Ereignis, was ich bis zum heutigen Datum, für mich, nicht verarbeitet habe. Um über das **Jahr 2007** zu schreiben, muss ich noch etwas detaillierter darauf eingehen und von der Zeit her einen Sprung zurück in meine Ausbildung machen. Denn dort liegen die Anfänge, von jenem Geschehen. Meine Ausbildung zur Krankenschwester absolvierte ich von **1998–2001** an der Katholischen Johannes-Zinke-Krankenpflegeschule am St. Carolus Krankenhaus in Görlitz. Unser Jahrgang war ein verrückter Haufen Jugendlicher unterschiedlichen Alters und Herkunft, und jeder von uns brachte eine bezaubernde, individuelle Persönlichkeit mit, was die jeweilige Person charakterisierte und so einzigartig machte. Wir, als Klasse, konnten zusammen lachen, uns gegenseitig helfen und stärken, um den Anforderungen der Ausbildung standzuhalten. Als ich meine Ausbildung begann, war ich 17 Jahre alt. Zu diesem besagten Zeitpunkt verfügte ich noch über keinen Führerschein. Die Alternative hierfür war der Einzug in ein Internat, für die kommenden drei Lehrjahre.

Meine Ausbildungsstätte war ein dreistöckiges Gebäude. In den unteren Räumen war die Krankenpflegeschule mit ihren Räumlichkeiten untergebracht. Im Hauseingang befand sich auf der rechten Seite ein kleines Zimmer mit einem eingebauten Glasfenster, welches eine Schiebefunktion hatte. Zweckmäßig diente es als Pforte. Dort lag ein Buch. Wer nicht volljährig gewesen war, musste sich ein- und ausschreiben und bis spätestens 20 Uhr zurück im Internatsgebäude sein. Die Pforte wurde zusätzlich von einer Ordensschwester älteren Semesters besetzt. In ihrem kleinen Pfortenzimmer schaute sie abends gern fern, bis alle ihre Schäfchen wieder wohlbehütet im Internat eintrudelten. Im Großen und Ganzen war sie eine nette Ordensschwester, sie erfüllte gewissenhaft ihre Aufgabe im Bereich des Personenschutzes. Für meine Begriffe führte sie ab und an ein zu strenges Regiment. Aber mal ehrlich, es hat uns, rückblickend betrachtet, nicht geschadet. Die Nächte verbrachte sie auch im Internat, in ihren Privaträumen im 1. Obergeschoss, vermutlich, um uns zu bespitzeln und den wilden Hühnerhaufen in Zaum zu halten. Es war ein reines Mädcheninternat. Im 1. Obergeschoss bezogen ich und drei Mitinsassinnen ein Vierbettzimmer, vergleichbar mit einer Gefängniszelle oder Kaserne. Spartanisch und altmodisch eingerichtet, dennoch zweckerfüllend. Wenn man das Zimmer betrat, befand sich auf der rechten Seite und geradeaus blickend, ein eingebauter Wandschrank für Kleidung. Dieser diente gleichzeitig zur Raumabtrennung. Hinter dem Schrank linksseitig waren zwei Doppelstockbetten mit Nachtschränkchen. Auf der rechten Seite stand ein Tisch mit vier Stühlen und davor eine halbhohe Kommode, welche zur Ablage von Nahrungsmitteln diente. An der Wand waren vier Regale befestigt für Bücher und Co. Eine Wandvertäfelung aus Holz gab es auch, dahinter befand sich ein Waschbecken. Auf dem Flur hatten wir unsere Gemeinschaftsküche, eine Dusche mit zwei Toiletten gab es auch. Im zweiten Obergeschoss wurden die Schülerinnen des zweiten – und dritten Lehrjahres untergebracht. Wir, die blutigen Anfängerinnen des ersten Lehrjahres, wurden im ersten Obergeschoss einquartiert. Jedes Geschoss besaß ein Wandtelefon, welches in der Küche positioniert gewesen war. Ich kann Euch sagen, dort spielten sich täglich filmreife Szenarien ab. Es war anstrengend, das Telefon für sich in Beschlag zu nehmen, ohne dass jemand daneben war und beim Telefonieren störte. Irgendeine Mitinhaftierte war immer präsent, kochte oder Ähnliches. Heute kann ich darüber lachen. Zu meiner Zeit war es der reinste Horror. Und mir war keineswegs zum Lachen oder dergleichen zumute, zum Heulen eher!

1. Wenn einem das Bedürfnis überkam, mit den Lieben zu Hause zu telefonieren, um die neusten News mitzuteilen, war es ständig besetzt.

2. Anrufe in die heimische Pampa endeten immer mit dem Satz: „Ich will nach Hause. Holt mich bitte, verdammt nochmal aus diesem Irrenhaus!"

Leider gab es zu diesem Zeitpunkt die Sendung noch nicht, **< Ich bin ein Star, holt mich hier raus! >** Wahrscheinlich wären dies meine Lieblingsworte, vereint in einem Satz, geworden. Jeder gestartete Hilferuf meinerseits war vergebens, ich hoffte täglich auf Erlösung, doch das mich rettende Fahrzeug traf nie am Ort des Geschehens ein. Wie heißt es so schön: **„Arschbacken zusammenkneifen und weitergeht's auf der wilden Tour durchs Leben."** Auf den Fluren durfte nie etwas abgestellt werden, keine Schuhe, Beutel oder Derartiges. Denn irgendwie hatte dieses Internat magische Kräfte, man konnte es förmlich spüren, soviel Magie lag in der Luft. Schwuppdiwupp waren zum Beispiel die Schuhe vom Flur verschwunden und wurden nie wieder gesichtet. Auch meine heißgeliebte, von mir persönlich zerlöcherte Jeanshose, habe ich bis heute nicht wieder zu Gesicht bekommen. Zur damaligen Zeit war so eine, von Hand gestylte, Hose ein Unikat, ein Relikt vergangener Tage sozusagen. Unser Internat hat höchstwahrscheinlich eng mit Hogwarts zusammen agiert, wir waren mit Sicherheit die Zweigstelle von Hogwarts. Eine andere Erklärung habe ich momentan nicht zur Hand (etwas Spaß muss sein). Meine Mitinsassinnen, mit denen ich mir das Zimmer teilte, kamen aus verschiedenen Ecken von Sachsen und Brandenburg. Wir passten von Anfang an perfekt zusammen und verstanden uns auf Anhieb. Wie Arsch auf Eimer. Blieb uns denn auch etwas anderes übrig, als zusammengepfercht auf engstem Raum miteinander zu leben? Da mussten wir vier ab nun an zusammen durch. Die gemeinsamen Erlebnisse der Internatszeit schweißte uns zusammen. Wir waren wie Pech und Schwefel. Es gab auch Schattenseiten des Zusammenlebens auf den wenigen Metern. Eine von uns vieren wollte immer schlafen, die Nächste kochen oder einkaufen, durch die Stadt bummeln usw. Auf unserem Zimmer haben wir auch heimlich geraucht (das ist nur ein Beispiel von vielen), aber erst nach 22 Uhr, wenn unsere heißgeliebte Ordensschwester zur Augenpflege übergangen war. Dieses seltene Ritual der abendlichen Gute-Nacht-Zigarette vollstreckte ich meistens zusammen mit meiner neuen, lieb gewonnenen Freundin. Auf eins, zwei, drei kam eine zusammengerollte Decke vor die Zimmertür, damit kein Rauch auf den Flur ziehen konnte. Die Tür wurde abgeschlossen, das Fenster geöffnet, und ab ging es mit unseren jungen Hüften auf die Fensterbank – Fluppe an. Eines Abends wurden wir durch ein Klopfen an der Tür gestört, meine Freundin schmiss vor lauter Angst die glühende Zigarette unters Doppelstockbett und öffnete die Tür. Fehlalarm – es war nur eine Mitinsassin aus dem Nachbarzimmer und nicht die Ordensschwester. Das waren Augenblicke und Gesichter für die Ewigkeit. Während unserer Lehrzeit waren wir natürlich auch viel feiern. Görlitz hat unzählige, urige Kneipen, die zum Verweilen einladen. Eine meiner Lieblingskneipen zu Ausbildungszeiten will ich Euch kurz vorstellen.

Zur Schwarzen Kunst

Lust auf einen geselligen Abend mit frischer gutbürgerlicher Hausmannskost in der urigsten Kneipe von Görlitz? In der Schankwirtschaft „Zur Schwarzen Kunst" werden vielseitige und leckere Speisen angeboten, die bei gemütlicher Atmosphäre umso besser schmecken. Bei schönem Wetter seid Ihr herzlich auf die ruhige

Terrasse eingeladen, und verschiedenste Fassbiere sorgen für die nötige Abkühlung. Im Winter könnt Ihr am offenen Kamin die behagliche Wärme genießen. Ein Besuch lohnt sich! Regelmäßige Ausflüge in die Natur gehörten zum Standardprogramm. Das Görlitzer Umland hat traumhafte, kleine Badeseen. Manche davon sind verträumt, schwer zu finden (oder wollen nicht gefunden werden), eingebettet im Wald, naturbelassene Kiesgruben, zahlreiche Rad- und Wanderwege machen Lust auf Erkundungstouren. Unsere wenige Freizeit verbrachten wir, sooft es uns möglich gewesen ist, in der Natur. Wir waren so unbedarft, neugierig und voller Tatendrang, um neue geheimnisvolle Orte zu erkunden. Wir waren lebensfroh und voller Zuversicht auf das, was in der Zukunft auf jede Einzelne von uns zukommen wird. Eine von meinen drei Mitinsassinnen wuchs mir über die Zeit besonders ans Herz. Sie hatte mein Alter und kam auch aus Sachsen. Sie war eine schöne, junge Frau, schlank gebaut, etwas größer als ich mit langen, braunen Haaren. Ihre Augen leuchteten bräunlich mit einem dezenten Grünstich. Und wenn sie lachte, steckte sie uns alle mit ihrem, aus vollstem Herzen kommenden, Lachen an. Zu ihren Persönlichkeitsmerkmalen zählte, dass sie ein gesprächiger, herzlicher, mitfühlender, hilfsbereiter, zuverlässiger, wissbegieriger, fantasievoller und nachgiebiger Mensch war. Jeder von uns ist auch mit negativen Seiten behaftet, die auch meine Freundin hatte. In ihrem Auftreten spiegelte sich ein hyperaktives Chaos wider und diese Unpünktlichkeit – deswegen konnte ich aber nie wirklich böse auf sie sein oder einen Streit vom Zaun brechen. Als wir zwei zu einem zweimonatigen Einsatz in einer nahegelegenen psychiatrischen Klinik eingesetzt wurden, steuerten wir täglich unsere Arbeitsstätte von meinem Elternhaus an. Immer, wirklich immer, fuhren wir verspätet los. Dabei überquerte meine Freundin, jeden Morgen aufs Neue, eine uneinsichtige Straße, die mit einem Stoppschild versehen war. Ohne nach rechts und links zu blicken, mit den Worten „ups, es ist schon wieder passiert", fuhr sie unbeirrt weiter. Meine morgendlichen Stoßgebete als Beifahrerin wurden von ihr überhört. Ich liebte sie von ganzem Herzen, so wie sie war, mit sämtlichen Ecken und Kanten, ohne sie jemals verändern zu wollen. Ich könnte vermutlich noch etliche Persönlichkeitsstrukturen von ihr niederschreiben, die sie zu so einem besonderen Menschen gemacht haben. Aber ich finde, dass dieser kurze Einblick ausreichend ist, um sie treffend zu beschreiben. Aus unserer kleinen zarten Pflanze der Freundschaft entwickelte sich zusehends ein solider, stabiler Freundschaftsbaum, der jedem Sturm standhielt. Unterdessen hatte sie mir auch schon meine ersten liebevollen Kosenamen verpasst: Hamsterherzl oder Irisl, diese raunte sie mir zu jedem Abschied stürmisch ins Ohr. Warum ich von ihr so getauft wurde, weiß ich bis heute nicht, und es wird auch in Zukunft ein Rätsel bleiben – für immer. Sie war meine engste Vertraute. Ihr konnte ich alles erzählen. Bei ihr waren meine Gedanken sicher. Nur mit ihr konnte ich mein größtes Geheimnis teilen – Juniherz. Sie urteilte nicht negativ über mein Verhalten. Sie fand es nur falsch, dass ich schweigend der beste Zuschauer meines eigenen Lebens war. Nach der Lehre zog es meine Freundin in die alten Bundesländer. Wir blieben in engem Kontakt. Die Entfernung konnte unser starkes Band der Freundschaft nicht entzweien. Während ich euch davon berichte, sitze ich in der Maisonne in meinem Garten, es ist angenehm warm – das Thermometer zeigt 20 °C, die Vögel zwitschern um die Wette, und ein Hauch von frisch gemähtem Rasen steigt mir in die Nase. Die Erinnerungen bedrücken mein Herz, es schmerzt in der Brust. Mit Wehmut denke ich an die vielen Eindrücke und schönen Momente zurück – Gefühle, vor denen man am liebsten die Flucht ergreifen möchte. Tränen fließen über mein Gesicht. Jeder meiner Leser und Leserinnen wird in seinem Leben so eine ähnliche Situation bereits schon einmal durchlebt haben und kann nachvollziehen:

„Freud und Leid liegen nahe beieinander!"

Es ist der **5. 6. 2007**.

Dieser Tag wird mir jährlich demonstrieren, dass Freud und Leid eine Einheit sind. Bestimmte Daten in seinem Leben kann man nicht ausradieren. Sie werden einen immer begleiten. Und man muss im Laufe seines Lebens lernen, damit zurechtzukommen und passende Lösungsansätze für sich finden, um schwierige Situationen gezielt zu bestreiten. Die Sonne an diesem Tag stand hoch am Firmament, ein sonniger, heißer Sommertag. Ihr müsst wissen, dass ich ein Sommerkind bin und mich in dieser Jahreszeit am wohlsten fühle. Ich liebe es, wie die Sonne sanft meine Haut küsst, der Sommerwind mir meine Haare verwuschelt und wie toll die Luft nach einem Sommerregen riecht. Am liebsten bin ich an einem Badesee, mit wenig Publikumsverkehr, um meiner Seele Erholung zu schenken und neue Kraft zu tanken. Aber tief in meinem Herzen bin und bleibe ich ein Küstenkind. Ich mag das Meer mit seinen zahlreichen Facetten, Wolkenspiele, die einzigartig sind, endlose Strände, die einem das Gefühl von Freiheit und Unendlichkeit vermitteln und meine heißgeliebten Luftpiraten – die Möwen. An diesem besagten Tag fuhren meine Schwägerin und ich zum nächstgelegenen Baumarkt. Ich benötigte zum Anlegen meiner neuen Rabatten rund ums Haus zahlreiche verschiedene Pflanzen, mehrjährig sollten sie sein und von der Färbung bunt – nichts Eintöniges. Etwas Individuelles sollte es sein. Etwas, was mich und meine Person widerspiegelte. Die Autos schwer beladen fuhren wir zu mir nach Hause. Die Freude über den Neuerwerb und die getroffene Auswahl der neuen Bepflanzung war riesig. Mein damals fünfjähriger Sohn packte fleißig mit an. Ich kann mich noch genau erinnern, was er an diesem Tag an Kleidung trug: Einen in Blautönen gehaltenen leichten Jogginganzug mit drei niedlichen Figuren auf der Frontseite des Oberteils. Eine leichte, zipfelförmige, auch in Blautönen geringelte Sommermütze, schmückte seinen Kinderkopf und verlieh seinem zierlichen Gesicht eine besondere Note. Als wir mit unserer Arbeit fertig waren, ging ich ins Bad, um mir meine erdigen Hände zu reinigen. Das lauwarme Wasser rann über meine schmutzigen Finger, ein feiner Seifenduft lag in der Luft. Ich vernahm Schritte durch meinen Garten, die sich zielstrebig meinem Haus näherten. Die Badezimmertür hatte ich angelehnt gelassen, es war meine Mutti, die den Raum betrat. Ihr Gesichtsausdruck war angespannt, sie lächelte nicht, irgendwie wirkte sie traurig und bedrückt. Ein Arm war hinter ihrem Rücken verschränkt – eine seltsame Haltung. Sie forderte mich auf, dass ich mich in eine sitzende Position begebe. Ich kam dem nicht gleich nach, sanft, aber bestimmend, drückte sie meinen Körper in Richtung Toilette. auf der sie mich anschließend platzierte. An die Worte, wie sie das Gespräch eröffnete, kann ich mich heute noch genau entsinnen. **„Ich muss dir jetzt etwas Schlimmes sagen, deine liebste Freundin ist tot. Ihre Annonce steht hier in dieser Zeitung."** Mit zitternden Händen reichte sie mir die Zeitung. Flüchtig schweifte mein Blick über die Anzeige. Nie im Leben beschreibt die Annonce meine Freundin! Ich gab ihr die Zeitung zurück, wollte nicht verstehen was dort stand, verneinte alles. Nach einem zweiten Blick auf die Annonce rebellierte mein Körper, ich versuchte wegzulaufen, explosionsartig fing ich zu schreien an, und sackte schlussendlich weinend auf dem Fußboden zusammen. Der Boden schwankte, alles drehte sich. Eine Flut von Gedanken durchzog mein Gehirn, aber ich konnte keinen klaren Gedanken fassen. „Es ist bestimmt nur ein Druckfehler. Ich werde sie gleich anrufen. Ihr geht es bestimmt gut. Alles wird gut werden ..." – mein einziger Hoffnungsschimmer! Ich versuchte, vom Boden aufzustehen. Es ging nicht. Meine Beine fühlten sich wie gelähmt an, jeder Schritt schmerzte. Meine Mutti begleitete mich auf die Terrasse. Dort stand eines meiner Lieblingsmöbelstücke, ein gelb-weiß gestreifter Strandkorb. Vollkommen entkräftet von dem kurzen Fußmarsch, ließ ich mich in den Strandkorb fallen. Ich zog meine Beine ganz eng an meinen Körper heran, suchte Schutz und Halt. Mein Herz klopfte wild in meiner Brust, ich konnte nicht schlucken, die Atmung war erschwert, ich weinte immer noch, und von einem klaren Gedanken war ich noch weit entfernt. Die Welt hatte aufgehört, sich zu drehen, die Zeit stand still. Minuten kamen mir unendlich lang vor. Meine Schwägerin gab mir ein Glas Wasser. Ich bettelte um mein Handy. Mit zitternden Händen wählte ich die Nummer meiner Freundin – nur die Mailbox, die ranging. „Sie ist bestimmt arbeiten", suggerierte ich mir, „sie ruft bestimmt zurück." Ich griff abermals zur Zeitung, las und las Hunderte Male die Anzeige. Mein Kopf konnte unterdessen wieder etwas klarer denken und Gedankengänge in wichtig und unwichtig selektieren. „Nein! Sie wird mich nie wieder zurückrufen! Denn sie ist tot, zumindest steht es hier schwarz auf weiß!" Ich saß bis spät in die Nacht regungslos in meinem Strandkorb, gelähmt von Schmerz und Verzweiflung. Der Strandkorb bot mir Sicherheit und Schutz. Ich wollte ihn unter keinen Umständen verlassen. Unzählige telefonische Versuche, ihren damaligen Lebensgefährten oder ihre Eltern zu erreichen, liefen ins Leere. Am nächsten Morgen suchte ich meinen Hausarzt auf. Mir war bewusst, dass ich in diesem desolaten Zustand nicht arbeitsfähig war. Die nächsten Tage verbrachte ich weiterhin in meinem Strandkorb – er wurde zu meinem sicheren Hafen und Rückzugsort. Endlich ereilte mich auch der ersehnte Rückruf ihres Lebensgefährten. Im Telefonat berichtete er mir davon, dass sie auf tragische Art und Weise ums Leben gekommen ist. Sie war auf dem Weg zu ihrer Arbeitsstelle, als das Unglück eintraf. Sie verstarb an ihren schweren Verletzungen, auf der Intensivstation, auf der sie einst tätig war.

> *„Du kannst deine Augen schließen, wenn du etwas nicht sehen willst, aber du kannst nicht dein Herz verschließen, wenn du etwas nicht fühlen willst!"*

Mit schnellen Schritten rückte der Tag der Beerdigung immer näher.

Ich schreibe den **11. 6. 2007.**

Es ist auch heute wieder ein sonniger, sehr heißer Sommertag. Ich habe etwas Kreislaufprobleme. Womöglich liegt es an der Hitze. Einen Anteil trägt mit Sicherheit auch das bevorstehende Ereignis, die Beerdigung. Ich bin die Unruhe in Person, versuche mich abzulenken, laufe ziellos umher. Ich finde keine Aktivität oder Arbeit, die mir etwas Ablenkung verschafft. Jede Faser meines Körpers und jede Zelle stehen unter Strom. Mein Körper zittert unkontrollierbar. Ich zwinge mich zum Trinken, damit ich wenigstens genügend Flüssigkeit für meinen instabilen Kreis-

lauf habe. Denn umfallen auf der Beerdigung möchte ich keinesfalls – eine zweite Leiche, nicht vorstellbar. Essen konnte ich
bisher leider auch nichts. Jeder Nahrungsbissen verweilte Ewig-
keiten in meinem Mundraum, den Nahrungsbrei zu schlucken,
funktionierte nicht. Das Schlucken würgte mich ab. Wie in Trance, auf schlaksigen Beinen, bewege ich mich in Richtung Schlafstube. Es war Zeit, dass ich mich für die Bestattung ankleidete.
Meine Wahl belief sich auf ein schwarzes T-Shirt ohne Schriftzug
aus recht dünnem Material und eine lange, schwarze Anzugsho-
se. Auf das Tragen eines Blazers verzichte ich. Schon allein wegen der sommerlichen Temperaturen. Fertig gekleidet stand ich
vor meinem Spiegel. Ich hielt einen kurzen Moment inne. Tief
lauschte ich in mich hinein und stelle mir die Frage: „Hätte es
meine Freundin gewollt, dass wir alle in Schwarz gekleidet, heute zu ihrer Beerdigung aufschlagen?" Ich stellte fest, dass ich
selbst wie ein schlecht gekleideter Grufti in meinem Outfit aussah. Ich bin mir sicher, dass sie es nicht gewollt hätte. Und ich
persönlich finde, dass man seine Trauer mit jeder Kleidungsfar-
be bekunden kann. Es kommt nicht darauf an, ob schwarz, türkis, lila oder weiß. Es geht darum, seinen geliebten Menschen auf
seinem letzten Weg zu seiner Ruhestätte zu begleiten, und wie
man zu Lebzeiten zu diesem Menschen stand. Dabei hat die Farb-
wahl für mich keine tragende Rolle. Auch wenn es in Deutschland keine explizite Regelung für die Kleidung bei Beerdigungen
oder Trauerfeiern gibt, hat sich über die Jahrhunderte eine ge-
wisse Richtlinie für Trauerkleidung etabliert: Bei der Beisetzung
wird vorwiegend Schwarz oder zumindest sehr dunkle Kleidung
getragen. Männer greifen in der Regel zum schwarzen Anzug mit
schwarzer Krawatte und schwarzen Schuhen, Frauen zum schwarzen Zweiteiler oder Kleid. Die Farbe Schwarz steht seit jeher für
Trauer und den irdischen Tod. Das liegt vor allem an der christ-
lichen Farbsymbolik, denn im 6. Jahrhundert kleideten sich die
Benediktiner-Mönche in Schwarz, um der spirituellen Dunkel-
heit der Seele gerecht zu werden. Seit dem 14. Jahrhundert gilt
Schwarz gemeinhin als Trauerfarbe und wurde bzw. wird seither
zu entsprechenden Anlässen getragen. Lange Zeit war schwarze

Kleidung kostspielig und dementsprechend wertvoll, weil sie ge-
färbt war. Unbehandelte Stoffe waren hingegen günstiger. Mein
Entschluss stand fest, ich werde mich umkleiden. Meine Auswahl fiel auf eine lange, weiße Sommer-Stoffhose. Das schwarze Oberteilt behielt ich an. Ein kurzer Blick zur Uhr holte mich
in die Realität zurück. Ich hatte durch das Auswählen der Kleidung gänzlich Raum und Zeit verloren. Die Schritte zu meinem
Auto empfand ich heute anders als sonst, begleitet von dem läh-
menden Gefühl in den Beinen, welches ich bereits vom Tag der
Todesnachricht kannte. Die Füße vom Boden abzuheben, wurde
immer beschwerlicher. Weinend stieg ich ins Auto. Gemeinsam
mit meiner Mutti fuhr ich in ihre Heimatstadt, die Heimat meiner Freundin. Die Autofahrt war das Grauen schlechthin, wie mit
einem Tunnelblick vergleichbar, fuhr ich Kilometer um Kilometer. Die Trauerstunde fand ohne die Verstorbene im Dom statt.
Es war eine schöne Messe, die Trauerrede spiegelte ihre Persönlichkeit und ihr Leben wider, umrahmt von auserwählter Mu-
sik und Gesängen. Ihre Leiche wurde in der Kapelle am Nikolai-
Friedhof aufgebahrt, um von dort aus von den Trauergästen zur
letzten Ruhestätte begleitet zu werden.

Vom St. Petri Dom aus setzte sich der Trauerzug, Richtung Nikolai Friedhof in Bewegung. Die Masse an Trauernden war überwältigend. Am offenen Sarg habe ich mich nicht von ihr verabschieden können. Ich wollte sie so in Erinnerung behalten, wie ich sie kannte und zuletzt gesehen hatte. Diesen Anblick hätte ich mit großer Wahrscheinlichkeit nie vergessen. Das Kondolieren zog sich aufgrund der vielen Trauernden in die Länge. Geduldig verharrten meine Mutti und ich in der glühenden Hitze, bis wir an der Reihe waren, um von ihr Abschied zu nehmen. Anstatt harter Erde warf ich mitgebrachte Blumen aus meinem Garten auf ihren Sarg. Meine Mutti und ich kondolierten ihrer Familie und ihrem Lebensgefährten – herzzerreißende Momente, die unvergessen bleiben werden! Leb wohl mein Sonnenschein!

„Die Bande der Liebe und der Freundschaft
werden mit dem Tod nicht durchschnitten!"

Keinesfalls ist es mir leichtgefallen, dieses Kapitel niederzuschreiben, aber ich bin der festen Überzeugung, dass es mir bei meiner Aufarbeitung und Verarbeitung helfen wird. Seelenschmerz kann niemand sehen und fühlen. Seelenschmerz ist eine Wunde, die sehr lange braucht, um zu heilen. Wir alle haben so eine Wunde, vielleicht auch mehr als eine. Jeder Einzelne von uns lebt jene Ereignisse, die auf seinem Lebensweg liegen. **Bis zu einem gewissen Punkt müssen wir lernen, zu**

akzeptieren, was das Schicksal für uns vorgesehen hat. Es gibt Dinge, die können wir nicht ändern. Ich habe den Boden unter den Füßen verloren, und alles brach in mir zusammen. Ich habe es geschafft, mich festzuhalten und meine rettende Hand war meine Mutti. An dieser Stelle einen gebührenden Dank an meine „Mutschka", ohne ihre rettende Hand hätte ich keinen Halt in dieser schweren Zeit gehabt.

4

„Ich will nicht Dein Herz stehlen. Ich will es nur öffnen, damit Du Deine Seele darin wieder findest!"

Mittlerweile sind 25 Jahre vergangen, seitdem ich das Schulgebäude verlassen habe – Jahre, die an mir nicht spurlos vorübergezogen sind, Jahre voller Sehnsucht nach meinem geliebten Juniherz, meiner unerfüllten Liebe ihm gegenüber. Immer noch bin ich voller Hoffnung, dich irgendwann in meine Arme nehmen zu dürfen, deine Gesichtskonturen liebevoll zu streicheln, um anschließend deine Haare zu verwuscheln und deine sinnlichen Lippen mit meinen zu bedecken. Liebend gern würde ich dir meine Gefühle, die ich für dich jahrzehntelang hege, endlich offenbaren.

Mein Sohn ist unterdessen erwachsen geworden, ein wunderschöner, junger Mann von stattlicher Natur. Er ist genauso ehrgeizig und zielstrebig wie ich, intelligent, geht geregelt seiner Arbeit nach und gestaltet sein Leben nach seinen Wünschen und Vorstellungen. Er ist kein Mitläufer dieser Gesellschaft, positioniert sich zum richtigen Zeitpunkt mit Argumenten, die selbst mich ab und an vom Hocker wedeln. Er geht jetzt seinen eigenen Weg. Und das ist in Ordnung für mich. Diesen Weg mussten wir alle beschreiten, um uns individuell zu entwickeln – ein normaler Abnabelungsprozess, der für keinen Elternteil schön ist, aber lebensnotwendig für sein Kind. Ich habe ihm diesen Schritt erleichtert, ihm nie gezeigt, wie schwer das Abnabeln für mich gewesen ist. Ich wollte ja keine Glucke sein, die ihm mit ihrem Verhalten seinen Weg mit Steinen zumauerte und so diesen normalen Ablauf negativ beeinflusst hätte. Ich bin wahnsinnig stolz auf meinen Sohn. Er ist und bleibt mein Kind, aber wird niemals mein Eigentum sein. Meine Tochter bestreitet jetzt ihre letzten zwei Jahre an einer Oberschule. Sie befindet sich im Teenageralter, was wiederum meine Erinnerungen an meine eigene Schulzeit aufgefrischt hat. Diese Erinnerungen haben mich belebt und waren hilfreich für das Schreiben meines Buches. Auch sie ist ein bildhübsches Mädchen mit langen, dicken Haaren, schlank und ihre Proportionen sind sehr gut verteilt. Da könnte man glattweg neidisch darauf werden. Die meisten Eltern denken doch, dass ihre Kinder die hübschesten Wesen auf diesem Planeten sind. Wäre ja auch schlimm, wenn es nicht so wäre, oder? Meine Tochter zeichnet sich durch einen superstarken Willen und Durchsetzungsvermögen aus. Aus meiner Sichtweise betrachtet wäre später eine leitende Position für sie genau das Richtige. Denn die Butter vom Brot lässt sie sich definitiv nicht nehmen. Wenn ich mit ihr kommuniziere oder Argumente austausche, benötige ich immer einen langen Atem und viel Ausdauer; davon mal abgesehen, dass sie sich gerade in einem schwierigen Alter befindet. Ein falsches Wort meinerseits, und wir sitzen auf einem Pulverfass. Auch sie erfüllt mich mit Stolz. Ich bin gespannt auf die Zukunft, in welchem beruflichen Zweig sie Fuß fassen wird. Meine beiden Kinder sind das Beste, was mir in meinem Leben widerfahren ist, und **Ich liebe Euch** über alles auf der Welt. Ein Leben ohne Euch – unvorstellbar! Und ich, ich bin immer noch ich, wie vor 25 Jahren. Ich bin mir und meinen Persönlichkeitsstrukturen treu geblieben, nur etwas gealtert. Ich stehe trotz meiner Postcovid Erkrankung im Leben, welches ich mir nach meinem Fasson eingerichtet habe. Für all das, was ich mir in den vergangenen Jahren erschaffen habe, musste ich hart arbeiten. Gebratene Täubchen sind mir keinesfalls zu- oder in den Mund geflattert. Ich habe meine mir gesteckten Ziele in die Realität umsetzen können. Ich kann von mir behaupten, dass es mir nie an irgendetwas gemangelt hat. Mit den angeschafften Konsumgütern bin ich mehr als nur zufriedengestellt. Ein zufriedener Mensch benötigt auch nicht immer das Neueste, Beste oder Feinste. Nein, man kann auch jahrelang mit bestimmten Konsumgütern glücklich sein, ohne sie ständig auszuwechseln. Es ist traurig, dass wir in einer schnelllebigen Wegwerfgesellschaft leben. Wenn ich meine letzten 25 Jahre Revue passieren lasse, würde ich den Vergleich mit einer traurigen, vereinsamten, unglücklichen Frau eröffnen wollen, die als Jugendliche ein jämmerlichster Feigling gewesen ist – gefangen im eigenen Gefühlschaos. Eine Frau, die ihre Gefühle, bis heute als großen Ballast auf ihren Schultern trägt, wie Jesus, der das Kreuz für alle Menschen getragen hat. Und, nach einer halben Ewigkeit, immer noch diesem einen Mann hinterher trauert, der mit großer Wahrscheinlichkeit nicht einmal Interesse an meiner Person hat. Statt Interesse, vielleicht eher Mitleid für mich zum Ausdruck bringen würde. Anstelle von erhoffter Zuneigung, Gefühlen und Liebe. Seine Gedanken würden sich vermutlich in Richtung „jetzt ist sie völlig durchgedreht!", oder, „diese Frau muss doch komplett verrückt sein!", bewegen. In den vergangenen Jahren waren meine Gedanken zu oft bei Juniherz. Die Träume von ihm waren intensiv genug, um den ganzen Tag davon zu zerren. Es waren Träume voller Lust und Leidenschaft, von fesselnden Sexfantasien, bis hin zu liebevollen Streicheleinheiten. Das war meine Flucht in eine andere Welt. Natürlich gab es auch Tage, an denen ich nicht an ihn gedacht habe. Diese Tage brauchte meine Seele, um sich zu erholen. Denn meine Realität sah anders aus. Ich lebte ein Leben ohne Juniherz, ein Leben ohne Liebe, Leidenschaft und Gefühl! Wie sehr ich ihn liebte und mich nach ihm sehnte, kann ich für Euch nicht in Worte fassen, auch nicht gekonnt umschreiben. Es sind tiefe, fest verankerte Emotionen, die mich um meinen eigenen Verstand brachten, Tag um Tag. Aus meiner Sichtweise betrachtet kann man einen Menschen nicht mehr lieben und wertschätzen, als ich es jahrzehntelang getan habe. Ihr haltet mich bestimmt für verrückt, oder? In den Jahren vor 2021 versuchte ich, an Juniherz Geburtstagen, mit ihm in Kontakt zu treten. Dieser Anlass war die beste Gelegenheit, um ihm zu gratulieren und um anschließend alles zu sagen, was mir auf der Seele brannte. Diese Versuche scheiterten jedoch jedes Mal kläglich. Mehr als ein Geburtstagswunsch per WhatsApp kam von meiner Seite her nicht. Nennt mich ruhig einen Feigling. Denn das war ich auch. Die Angst vor seiner Ablehnung, vor Gelächter und dass letztendlich meine wilden Träume aufhören würden, war zu groß. Ich spielte mit dem Gedanken, meine Gefühle in einem Brief niederzuschreiben und bei einem Notar zu hinterlegen. Auch wenn ich dann nicht mehr greifbar für ihn gewesen wäre, hätte er schlussendlich alles erfahren. Im Nachhinein gesehen, war es ein wirklich blöder Gedanke von mir. Und ich bin froh darüber, dass ich einen anderen Weg gefunden und gewählt habe. Denn Nachfragen seinerseits, die an mich gerichtet gewesen wären, wie hätte ich diese beantworten sollen? Wenn man tot ist, geht das ja für gewöhnlich nicht mehr, wenn er diesbezüglich überhaupt Nachfragen an mich gestellt hätte. Der innere Drang nach meinem Seelenfrieden wurde jedoch immer stärker. Es gab jetzt kein Zurück mehr – ich wollte ihm alles offenbaren. Unterdessen war es mir wurscht, was er dann von mir denken wird. Und so schnell würde ich ihn auch nicht zu Gesicht bekommen, nachdem alles gesagt ist. Juniherz wohnt ja immerhin Hunderte von Kilometern weit weg. Mein Plan stand fest – jetzt musste ich ihn nur noch in die Realität umsetzen. Für mein Vorhaben benötigte ich den perfekten Zeitpunkt. Dieser perfekte Zeitpunkt kam im Jahr 2021. Wie auch die Jahre davor, gratulierte ich auch in diesem Jahr zu seinem Geburtstag. Aber keines der von mir geplanten Worte wollte dabei über meine Lippen huschen. Es ging einfach nicht. Wohlmöglich war doch der falsche Zeitpunkt, um mit der Tür ins Haus zu fallen. Ich erprobte mich in einer neuen Taktik, damit wenigstens nicht wieder der Kontakt zu ihm abbrach und ich abermals ein Jahr warten muss, um erneut einen Versuch zu starten. Ich suchte vorerst mehr Kontakt zu Juniherz per WhatsApp und Telefonaten. Ich tastete mich langsam, Stück für Stück, an mein Opfer heran. Ich checkte die Lage sozusagen. Mein Kontaktersuchen sollte ja auch nicht aufdringlich wirken. Der Kontakt zwischen uns sollte ganz easy und locker sein, ungezwungen – so wie früher. Wisst Ihr, wie es sich angefühlt hat, nach so vielen Jahren mit ihm zu telefonieren, seine vertraute Stimme zu hören, mit ihm zu lachen, aber auch tiefgründige Gespräche mit ihm zu führen? Es war so schön, so ein mächtiges, berauschendes Gefühl. Ich war vollkommen benebelt, im Stimmenrausch. Insgeheim wünschte ich mir, dass unsere Telefonate nie endeten. Juniherz hätte mir tagelang die Ohren abkauen können. Unsere Telefonate haben mich auch nie ermüdet. Nein! Im Gegenteil. Sie belebten meine nach Zuwendung lechzende Seele. Mein eigentliches Vorhaben, warum ich den Kontakt zu ihm suchte, rückte unterdessen in den Hintergrund. Den neu aufgebauten Draht zu ihm durfte ich unmöglich mit der Offenbarung meiner Gefühle gefährden. Unsere Telefonate waren anfänglich von sporadischer Natur. Oft hörten wir auch längere Zeit nichts voneinander. Dann beschränkte sich der Kontakt eher auf eine Textnachricht, mal mehr, mal weniger spektakulär. Später weiteten sich die Telefonate aus, wir hatten fixe Tage, an denen wir uns hörten. Tage vorher war ich bereits wie ein Sack Flöhe, voller Vorfreude, seiner Stimme wieder lauschen zu dürfen. Seine Stimme versetzte mich nach wie vor in einen rauschähnlichen Zustand. Sie machte mich abhängig. Ich war nun ein Stimmenjunkie. Unsere Gespräche waren oft von längerer Zeitspanne. Daher habe ich mich selbst, im Kapitel zwei, als gute Zuhörerin beschrieben. Durch die gemeinsame Zeit, die wir zusammen am Telefon verbrachten, war ich nun der glücklichste Mensch auf diesem Planeten. Es war diese Zeit, seine Lebenszeit, die er nur mir widmete. Dennoch fühlte ich mich teilweise nach unseren Gesprächen schlecht. Ich war unehrlich ihm gegenüber. Meine wahren Gefühle trug ich noch immer tief in meinem Herzen. Das musste ich schleunigst ändern. Mittlerweile befinden wir uns im **Juni 2021**. Heute ist ein herrlicher Sonnentag. An diesem Tag habe ich Klinikdienst in der Kinder-Notfallambulanz. Die Fahrt in die Arbeit ist heute deutlich angespannter als üblich. Ich versuchte mich auf den Straßenverkehr zu konzentrieren. Sonnenstrahlen, die durch die Frontscheibe fielen, kitzelten mein Gesicht – ein wirklich schöner Morgen. Dennoch schweiften meine Gedanken heute ständig ab. Sie drehten sich um Juniherz. Schon während der Autofahrt hatte ich den persönlichen Entschluss gefasst, ihm

heute alles zu sagen, zumindest einen kleinen Auszug davon
preiszugeben. Dieser Entschluss machte mich sehr nervös. Mich
plagten Ängste: Wenn ich heute mein Geheimnis preisgeben
werde, dass es dann nicht mehr so sein wird, wie vor meinen
Worten. Da es im Leben aber nur zwei Wege gibt und man vorher nie weiß, welcher Weg der richtige sein wird, muss man sich
für einen entscheiden. Heute werde ich jedenfalls alles auf eine
Karte setzen und den richtigen Weg einschlagen. Und falls unsere Freundschaft daran zerbrechen sollte, dann werde ich auch
mit diesem Tiefschlag allein zurechtkommen. Aber, ich muss
meinen Ballast endlich über Bord werfen und meiner Seele wieder Freiraum zum Atmen und Leben geben, mit der Gewissheit,
dass das Versteckspiel dann beendet wird, egal, ob es positiv
oder negativ für mich ausfallen wird. Unterdessen gab es auch
persönliche Veränderungen und einschneidende Ereignisse in
Juniherz Leben. Seine Beziehung stand auf der Kippe. Eine Rettung für diese Beziehung war zu diesem Zeitpunkt aussichts-
los. Das bestärkte und vereinfachte meinen Entschluss. Ihre Beziehung und meine freundschaftliche Basis zu meiner Freundin
und seiner Partnerin wollte ich nie gefährden. Keinesfalls wollte ich mich zwischen die beiden drängen, ihre Beziehung aus-
einanderbringen oder meine Freundin mit meinen Gefühlen
vor den Kopf stoßen. So ein Mensch bin ich nicht. Aber jetzt,
jetzt keimte ein Fünkchen Hoffnung in mir auf, ohne jemanden
dabei zu verletzen. Es war definitiv der richtige Zeitpunkt gekommen. Meine Entscheidung, wie ich es ihm mitteilte, fiel auf
eine Textnachricht. In dieser konnte ich besser meine Gefühle
einflechten. Für ein persönliches Gespräch fehlte mir der dazu
benötigte Mut. Unzählige Male formulierte ich meine Sätze neu
um, strich Passagen weg, kürzte hier und dort. Angemerkt: Ich
habe alles auf einem Blatt Papier vorgeschrieben. Bloß gut, dass
das Patientenaufkommen an diesem Tag ganz ruhig gewesen
war. Somit konnte ich mich ausgiebig mit meiner Nachricht be-
fassen. Als der gewünschte Textinhalt nun fertig vor mir lag,
fehlte mir abermals kurz die Courage, um ihn in mein Handy
zu übertragen. Der Inhalt der Nachricht war kurz und knapp

und beschrieb das Nötigste, das, was ich seit Jahren für ihn empfand. Für die Textvorschrift und die wenigen aussagekräftigen Sätze benötigte ich fast den ganzen Vormittag – unvorstellbar, oder? Die Nachricht wurde erfolgreich an Juniherz abgeschickt und übermittelt! Erleichterung machte sich in mir breit. Ich war stolz auf mich selbst, dass ich es endlich getan hatte. Viel zu lange war ich eine feige Nudel. So sagt man das doch umgangssprachlich, nicht wahr? Als der wohlverdiente Feierabend nahte, kontrollierte ich meinen Nachrichtenverlauf. Zwei blaue Striche. Juniherz hatte meine Zeilen bereits gelesen, aber bislang nicht darauf geantwortet. Womöglich ist er beim Lesen der Nachricht vor lauter Lachen vom Stuhl gekippt, oder ..., oder ... Es gibt ja noch mehr Varianten, die eintreten könnten. Zwei Tage später, erhielt ich WhatsApp-Nachrichten von ihm. Aber in keiner seiner Nachrichten reagierte er auf meine offenbarenden Worte. Dies verunsicherte mich. Dennoch war ich erleichtert, dass er sich überhaupt noch bei mir meldete. Scheinbar lag ihm etwas an mir und unserer Freundschaft, sonst würde er sich doch nicht bei mir melden? Oder ihn plagten Gedanken und er wollte diese vorerst für sich behalten. Er wird schon triftige Gründe für sein Schweigen und sein zögerliches Handeln haben. Mit seinem Schweigen musste ich mich vorerst zufriedengeben. Ich nahm mir aber vor, beim nächsten Telefonat, meine ihm gesendete Nachricht anzudiskutieren und ihn nach seiner Meinung diesbezüglich zu befragen. Aufgeben gibt's nicht! Aber Geduld war noch nie meine Stärke. In dieser für mich blöden Situation gab es aber keine andere Möglichkeit. Ich übte mit Geduld und Spucke für das nächste, längere, ausführliche Gespräch. Mit Sicherheit wäre ich dann nicht nur der Zuhörer, sondern eher die Hauptattraktion, die genügend Spucke zum Aussprechen ihres Geständnisses benötigte. Vor lauter Nervosität vor diesem anstehenden Gespräch hätte ich mir am liebsten in die Hose gemacht – groß oder klein oder beides, von allem ein bisschen. Eine ausgesprochene, aber noch ungeklärte Situation ist das Schlimmste, was es geben kann. Ihr habt so eine oder ähnliche Situation mit Sicherheit schon selbst durchlebt., und könnt sicherlich nachvollziehen, worüber ich hier schreibe, worauf ich hinaus möchte. Diese Stille um diese Thematik war zum Aus-der-Haut-Fahren. Ich akzeptierte zwar sein Schweigen, denn es war nun mal seine Entscheidung. Immerhin war es sein gutes Recht, so zu agieren. Ich konnte ihm ja keine Vorschriften unterbreiten, wie er sich mir gegenüber zu verhalten hat. Womöglich sein Lösungsansatz. Um erst mal selbst mit meinen geäußerten Gefühlen zurechtzukommen. Um sie für sich zu selektieren. Aber ich, ich wollte endlich Klarheit. Jene Momente, an denen er sich weiterhin bei mir meldete, waren für mich weitaus wert- und bedeutungsvoller. Dass ich weiterhin ein Teil seines Lebens sein durfte und er mich nicht aus seinem Leben verbannte, waren wichtige Aspekte für mich. So konnte ich sein Schweigen besser akzeptieren. Wir kommunizierten unentwegt weiter. Alles war so wie immer, wie vor meiner besagten Nachricht im Juni. Er ließ sich weiterhin nichts anmerken, stellte weder bei den Telefonaten noch in den Textnachrichten diesbezüglich Fragen. Es vergingen fast vier lange Monate, bis Juniherz sich ein Herz fasste und alles von mir wissen wollte. Ich kann Euch sagen, bei diesem Gespräch pochte mir mein Herz bis über beide Ohren. Und ich fühlte mich wie ein frisch verliebter Teenager, von Pickeln übersät. Das Gespräch an sich war sehr angenehm und ruhig. Nach kurzer Zeit normalisierte sich auch wieder mein Herzschlag und ich konnte meine Gedanken in die gewünschte Reihenfolge und Richtung lenken. Und selbstverständlich übernahm ich bei diesem wichtigen Gespräch die Rolle des Erzählers und Juniherz tauchte in die Rolle des Zuhörers ein. Rollentausch! Zusammen erörterten wir die Thematik. Nach unserem Telefonat stand mir die Erleichterung, sprichwörtlich, ins Gesicht geschrieben. In seinen Ohren müssen meine Worte und Sätze unglaubwürdig geklungen haben. Denn wie kann man einen Mann jahrzehntelang lieben, ohne je ein Wort darüber zu verlieren? Wer ist heutzutage noch so hartnäckig und bissfest? Zeitlebens wusste nur ich und später meine Freundin aus dem Internat davon. Und ich habe es stillschweigend in mir getragen. Die Antwort auf die Frage, warum ich meine Gefühle ihm gegenüber nie geäußert habe, liegt doch auf der Hand. Unsere damalige Viererfreundschaft war mir zu wichtig, um auf mich und meine Gefühle Rücksicht zu nehmen. Außerdem ging ich davon aus, dass Juniherz in seiner Beziehung glücklich ist. Von nun an teilte ich mein Geheimnis auch mit Juniherz, im Nachhinein, eine meiner besten Entscheidungen. Ich bin mir sicher, dass meine verstorbene Freundin jetzt sehr stolz auf mich wäre. Ich gab ihm die Zeit, meine Worte zu verarbeiten. Ich erwartete keine Antworten und auch kein aufkeimendes Liebesgeständnis seinerseits. Meine Erwartungshaltungen sind von jeher eher niedriger angesetzt. Sollte sich dann doch etwas zum Positiven entwickeln, ist meine Freude umso größer und eine eventuelle Enttäuschung geringer. Na, jetzt seid Ihr gewiss neugierig, wie es mit uns weiterging? Das war ich zum damaligen Zeitpunkt auch. Aber Liebe und damit verbundene Gefühle kann man nicht erzwingen. Oftmals muss man den Dingen Zeit und Raum geben. Was im Leben kommen oder passieren soll, wird zu gegebenem Zeitpunkt eintreten. Zumindest entspricht das meinen bisherigen Erfahrungen.

Ich befinde mich nun im Januar 2022. Heute habe ich Sitzdienst auf der Arbeit in der Kinderarztpraxis. Wir haben heute geschlossen. Ich nehme Telefonate entgegen, stelle angeforderte Rezeptwünsche und Überweisungen aus und genieße die Ruhe, die nebenbei in der Praxis dominiert. Heute ist es ein stürmischer, nasskalter Januartag – ungemütlich. Nur gut, dass es in der Praxis angenehm warm ist. Ich habe mir heißen Kaffee und Frühstück mitgebracht. Etwas Süßes im Gepäck durfte natürlich auch nicht fehlen. Arbeit soll ja auch Spaß machen. Denn nur ein satter und zufriedener Mensch kann gute Arbeit verrichten. Der anfängliche, morgendliche Telefonmarathon beruhigte sich im Laufe des Vormittages. Das war eine gute Gelegenheit für eine kurze Frühstückspause. Viel telefonieren macht gewöhnlich hungrig. Nebenbei kontrollierte ich meine empfangenen Nachrichten. Unter den Nachrichten befand sich eine von Juniherz Mutti. Vor lauter Neugierde öffnete ich diese zuerst. Was sie wohl von mir möchte? Sie hat mir doch noch nie geschrieben. In der Nachricht fragte sie mich, ob ich heute Nachmittag Zeit hätte. Sie müsste mir etwas Schönes zeigen. Na klar konnte ich ein paar Minuten entbehren, um in den Nachbarort zu fahren. Immerhin war ich neugierig wie ein gespannter Flitzebogen, was sie mir so Dringendes zu zeigen hatte. Vom Dienst zu Hause angekommen, schmierte ich mir erst mal zwei dick belegte Wurstbrote, dazu einen heißen, dampfenden Kaffee. Zwischendurch schürte ich das Feuer im Kamin. Bei diesem Sturm, der draußen anhielt, fror man selbst vor dem wärmenden Kamin. In Gedanken versunken, saß ich gemütlich vor meinem Ofen, als mich das Klingeln meines Handys aus meinen Gedanken riss. Juniherz war am anderen Ende der Leitung. Ich berichtete ihm von der bevorstehenden Fahrt zu seinen Eltern mit dem Hintergrund, von ihm zu erfahren, weshalb ich dort aufschlagen sollte. Er selbst war unwissend. Wir beendeten unser Telefonat und planten ein zweites Telefonat am Abend. Ich sollte ihm versprechen, heute Abend viel Zeit für mich zu haben, es gäbe viele Neuigkeiten, von denen er mir unbedingt berichten möchte. Irgendwie war das heute ein komischer Tag. Die eine will mich dringend sehen, um mir etwas zu zeigen, der andere hat Neuigkeiten, die nicht bis zum nächsten Tag warten können. Ich verstand die Welt nicht mehr. Aber meine Neugierde war stärker, ich hielt es zu Hause nicht mehr aus und machte mich auf den Weg zu seinen Eltern. Meine Gedanken, warum und wieso alles heute so seltsam verlief, wischte ich mir während der Autofahrt aus dem Kopf. Auf alles findet man nicht gleich eine passende Antwort. Dennoch begleiteten mich gemischte Gefühle während der Fahrt. Ich saß irgendwie wie auf Kohlen, hatte Hummeln im Arsch oder wie man so schön sagt. Als ich dann nach der kurzen Fahrt beim Elternhaus angekommen war, war auf den ersten Blick nichts Ungewöhnliches, Auffälliges zu erkennen. Das Einzige, was mir sofort ins Auge stach, war Folgendes. Vor dem errichteten Carport war ein Fahrzeug geparkt, welches die Sicht ins Innere versperrte. Wer weiß, aus welchem Grund das Fahrzeug dort so parkte. Die Gepflogenheiten von Juniherz Eltern waren mir ja nicht bekannt. Ich lief zielstrebig zur Haustür, dicke nasse Schneeflocken fielen unterdessen vom Himmel auf mich herab, und es stürmte noch immer gewaltig. Liebevoll wurde ich von seiner Mutter in Empfang genommen. Eine sehr warme, herzliche Geste. Beim Ablegen meiner Jacke und Schuhe merkte ich, wie meine Hände vor Nervosität leicht zitterten. Mein Herz pochte, wie so oft, wenn ich angespannt bin. Aber warum nur? Es gibt doch keinen Grund. Es ist nur seine Mutti, nicht Mutter Teresa persönlich. Ich muss jetzt nicht niederknien und beten und auch kein Gelübde ablegen – hoffte ich zumindest. Sie nahm mir meine Handtasche ab und fragte ganz nebenbei: „Weißt du noch, wo sein Zimmer ist?" Jetzt wurde mir schlagartig heiß und kalt zugleich. Juniherz wird doch nicht hier sein? Eine Gedankenflut durchzog meinen Kopf. Noch bestand die Möglichkeit, mich in Windeseile wieder anzuziehen, um zu fahren, zu entfliehen. Flucht? Nein, ich mag zwar ein Feigling sein, aber ein Hosenscheißer bin ich auf keinen Fall! Bis zur Umsetzung meiner Fluchtgedanken sollte es erst gar nicht kommen. Eins, zwei, drei wurde mein Arm bei seiner Mutti eingehakt. Bestimmend zog sie mich in Richtung Treppe. Wie in tiefer Trance folgte ich ihr. Und ehe ich mich versah, wurde ich auch schon in seinem Zimmer platziert. Ein kurzer Blick durch sein Zimmer verriet mir, es ist weit und breit keine Menschenseele zu sehen. Keine Kleidung oder persönliche Dinge, die auf eine mögliche Ankunft von Juniherz hindeuten konnten. Puh! Es ist niemand hier. Fehlalarm! Ich atmete kurz tief durch. Dann vernahm ich Schritte, die sich über den Flur, in Richtung seiner Zimmertür bewegten. Jetzt saß ich in der Falle. Als die Zimmertür aufging, blieb mir für Sekunden mein Herz stehen, um anschließend doppelt so schnell in meiner Brust zu jagen. Ein Gefühl von Ohnmacht überkam mich, gleich würde ich vom Bettrand, auf dem ich saß, abschmieren. Oh, das wäre praktisch gewesen. Ich könnte anschließend schnellstmöglich unters Bett krabbeln, um mich dort zu verstecken. Aber was wäre, wenn das Bett einen Bettkasten hätte, und sich keine Chance auf ein sicheres Versteck ergibt? So wie es scheint, gibt es in diesem Raum kein optimales Versteck für mich. Eine Variante hätte ich noch in petto. Ich täusche einen Herzkasper vor. Genau in diesem Augenblick betrat Juniherz sein Zimmer. Meine Herzkaspergedanken und mein Wunsch nach einem Versteck sind wie weggeblasen. Meine Begrüßung fiel wie folgt aus: „Ich glaub, ich spinne. Ich kipp gleich vom Bett. Kann mich mal jemand kneifen." Wunderschön, oder? Wenn man so herzlich begrüßt wird, geht einem doch gleich das Herz auf, oder? Seine Mutti kniff mich beherzt in meinen Oberarm. Aua! Es war kein Traum, es war Wirklichkeit. Nun stand dieser wunderschöne Mann, in all seiner Männlichkeit vor mir. Seine Haare sind lichter geworden und graue Haare zieren seine Schläfenpartien, den Bart trägt er noch genauso wie früher. Im Bart sind graue Bartstoppel versteckt. Er ist gealtert, genau wie ich, aber noch genauso gutaussehend wie zu unserer Jugendzeit. Die grauen Farbnuancen in Haaren und Bart kleiden ihn ungemein. Seine Augen strahlen mit seinem Lächeln um die Wette. Ausgeprägte Lachfalten schmücken seine Augen. Er ist schlank gebaut. Ich kann und will meinen Blick nicht mehr von ihm abwenden. Jede Faser, jedes Detail scannen meine Augen und speichern es ab. Wenn man dann anschließend von diesem Mann in die Arme genommen wird, gedrückt und abermals gedrückt wird, kann einem doch nur schwindelig vor lauter Glücksgefühlen werden. Mir war aber nicht nur schwindelig. In meiner Magengrube grummelte es gewaltig. Übelkeit durchzog meinen Bauch, immer wenn ich ihn ansah. Was Gefühle so alles anrichten können, nicht wahr? Übrigens, bei jedem Blick, den ich Juniherz schenke, ist das Gefühl von Unwohlsein in der Magengegend bis zum heutigen Tag geblieben. Wie es letztendlich mit uns an diesem Tag weiterging, will ich an dieser Stelle nicht preisgeben. Das ist und bleibt das Geheimnis von Juniherz und mir. Bevor ich es wieder vergesse: Ich wollte Euch doch noch davon berichten, warum ich meinen Partner in diesem Buch Juniherz benannt habe. Eigentlich ist es ganz einfach: Im Juni 2021 habe ich ihm meine Gefühle gestanden. Seitdem ist er mein Juniherz und trägt diesen, von mir verliehenen Namen! Die vergangenen Monate und diverse Ereignisse schweißten uns zu einem Liebespaar zusammen. Ich habe nun endlich meine Seelenhälfte gefunden, die einst so tief mein Herz berührt hat, die meine Persönlichkeit perfekt ergänzt. Er ist ein Partner, der mich so liebt und sieht, wie ich bin, mit allen meinen Ecken und Kanten, den Höhen und Tiefen, die mein Leben momentan bestimmen, der mich nicht verändern will. Er ist jemand, mit dem ich mich auf einer Augenhöhe bewege, der mit mir respektvoll kommuniziert und mir in schwierigen Situationen beisteht. Mein Herz hat mich zeitlebens nicht in die Irre geführt. Seine Stimme war überzeugend genug, mir zu symbolisieren, dass er der richtige Partner für mich sein wird. Gefühle, die man im Laufe seines Lebens erlebt, sollten nicht unterschätzt werden. Sie sind stärker als wir erahnen können, was unser Verstand meistens nicht verstehen kann, um Schlüsse, Handlungen und Konsequenzen daraus zu ziehen. Es hat zwar lange gedauert, bis das Schicksal zwei füreinander bestimmte Seelenhälften zusammengeführt hat, aber es war lohnenswert, jahrzehntelang auf ihn zu warten. Und wenn man dieses Glück hat, seine Seelenhälfte gefunden zu haben, sollte man sie nie wieder gehen lassen, sondern gut für die andere und seine eigene Seele sorgen, damit sie zusammenwachsen können. Unsere Seelen verwachsen gerade zu einer Seele. Und das ist ein erhabenes Gefühl. Ich bin nach einer langen Reise, am Ziel angekommen: Das Ziel einer erfüllenden und glücklichen Beziehung für den Rest meines Lebens!

„Zwei Herzen, ein Takt, ein Leben lang!"

5

„Wer nicht jeden Tag etwas für seine Gesundheit
aufbringt, muss eines Tages viel Zeit für die
Krankheit opfern!"
– Sebastian Kneipp –

Das Kapitel 5 beinhaltet, meinen bislang 20-monatigen Leidensweg, den ich mir von der Seele schreiben werde. Meine schlimmsten Momente und gesundheitlichen Einschränkungen werden nun ans Tageslicht gebracht. Wieder einmal wird mich tiefer Seelenschmerz begleiten und mein ärgster Feind werden. Im Laufe der Monate wird er aber zu meinem besten Freund und Lehrmeister heranreifen.

Zuerst werde ich Euch die Coronazeit ins Gedächtnis zurückrufen. Diese Zeit ist die Basis für meinen Seelenschmerz, Monate voller Entbehrungen, Einschränkungen, auferlegte Diktaturmaßnahmen unseres Staates, Ängste, Hoffnungen und persönliche Wünsche, zur Beendung dieses Wahnsinns, mit einem enormen Ausmaß an fatalen Folgen für unsere Gesundheit und unsere Wirtschaft. Ihr könnt Euch mit Sicherheit nur zu gut daran erinnern. Im Dezember 2019 brach in China eine Lungenerkrankung aus, ausgelöst durch ein neuartiges Coronavirus. Egal ob es in einem Labor künstlich entwickelt wurde, oder einfach so plötzlich da war. Diese Überlegung ist jedem selbst überlassen. Ich jedoch habe meine eigene Theorie, und diese ist für mich bindend. Ende Jänner 2020 wurde der erste Fall in Deutschland bekannt. Bis Ende 2020 starben weltweit mindestens zwei Millionen Menschen an Corona. Am 22. 3. 2020 trat schließlich der erste Corona-Lockdown in Kraft. Es wurde zwar keine allgemeine Ausgangssperre verhängt, aber es bestand Kontaktverbot zu anderen Menschen, man musste Abstand einhalten, man durfte nur allein nach draußen gehen. Die

Wohnung durfte verlassen werden: für Arbeit, Einkauf, Arzt, Prüfungen, Sport oder Spaziergänge. Es gab keine Partys oder Feiern in der Gruppe, Restaurants wurden geschlossen. Weitere Maßnahmen waren: Schließungen von Dienstleistungsbetrieben, wie Frisöre, Kosmetikstudios, Massagepraxen und Tattoo-Studios. Besondere Vorschriften galten auch für alle anderen Betriebe: Schutzmaßnahmen für die Mitarbeiter, Tragen eines Mund-Nasen-Schutzes oder einer FFP2-Maske. Der Lockdown endete nach sieben Wochen am 4. 5. 2020. Am 6. Januar 2021 gab die damalige Bundesregierung den zweiten harten Corona-Lockdown für Deutschland bekannt. Die bislang geltenden Maßnahmen des „Lockdown light" wurden verlängert. Schutzmaßnahmen sollten zudem dabei helfen, die Inzidenz auf unter 50 Neuinfektionen zu senken. Im Mai 2021 endete der zweite fast sechs-monatige coronabedingte Lockdown in Deutschland. Schulen und Kitas wurden geschlossen, viele Mitarbeiter befanden sich im Homeoffice. Wer in einem Landkreis mit einer Inzidenz über 200 wohnte, durfte sich nur noch in einem Radius von 15 Kilometern bewegen. Die arbeitende Bevölkerungsschicht erhielt von ihrem Arbeitgeber Passierscheine. Zwei Personen aus zwei verschiedenen Haushalten durften sich treffen. Im Freistaat Sachsen galt die Corona-Notfallverordnung, die massive Einschränkungen für Ungeimpfte bedeutete: 2G im Einzelhandel, nächtliche Ausgangssperren in bestimmten Landkreisen und abgesagte Weihnachtsmärkte. Man fühlte sich wie ein Tier, eingepfercht in seinen eigenen vier Wänden. Ab dem 3. 2. 2023 gelten in Sachsen keine landeseigenen Coronaschutzmaßnahmen und keine Isolationspflichten für Personen, die mit dem Coronavirus Sars-COV2 infiziert sind. Seit dem 8. 4. 2023 sind sämtliche Coronaschutzmaßnahmen nach dem Infektionsschutzgesetz entfallen. Corona hatte einen widerlichen, bitteren Beigeschmack. Es wurde eine Impfung aus dem Boden gestampft, die nur eine Notfallzulassung aufweisen konnte. Notwendige Testungen des Impfstoffes und der damit verbundenen Nebenwirkungen blieben aus. Hingegen wurde ja die Bevölkerung für diese Testung missbraucht. Millionen von Menschen – meine Betonung liegt auf vormals gesunden Menschen – haben sich wegen staatlicher Zwänge und geschürter Ängste impfen lassen; ja auch aus der Angst heraus, ihre Arbeitsstelle zu verlieren, aus Angst, nicht mehr am gesellschaftlichen Leben teilnehmen zu dürfen, isoliert und weggesperrt zu sein, oder gar an einer Coronainfektion ohne einen Impfstatus zu versterben. Unsere Medien waren die Anführer und schürten Angst, indem sie uns täglich Bilder von Särgen und Verstorbenen offerierten. Mit der verpflichtenden Unterschrift vor der Impfung war besiegelt, dass man bei auftretenden Nebenwirkungen auf Ansprüche gegenüber dem Staat verzichtet. Abgesichert hat sich der Staat! Gewusst wie! Was sind die daraus entstanden Folgen?

Rückblickend betrachtet sind die Menschen nicht nur an Corona selbst, nein, auch an den unzähligen Impfnebenwirkungen verstorben oder zum Teil schwer erkranken.

Unsere Zeitungen sind heute noch voll mit Todesannoncen, teils auch junger Menschen – plötzlich und unerwartet verstorben. Corona hat unser Volk gespalten und Hass unter den Menschen verbreitet. Ungeimpfte haben die Geimpften nicht verstanden und andersrum. Im Endeffekt sollte jedoch jeder selbst entscheiden dürfen, welcher Weg für ihn der richtige ist. Ein wenig gesunder Menschenverstand und die vorherige Auseinandersetzung mit bestimmten Thematiken sind mit Sicherheit von Vorteil und hilfreich für den eigenen passenden Lösungsweg. Eine große Portion Respekt gegenüber anderen Meinungen und Menschen sollte zukünftig unser Wegbegleiter werden. Über Corona könnte ich stundenlang debattieren. Ich, die Autorin dieses Buches, habe mich an die streng, uns auferlegten Coronaregeln und -auflagen gehalten. Beflissen trug ich während meiner Arbeitszeit einen Mund-Nasen-Schutz, hielt Hygieneregeln und Abstände ein. Jedoch, meine werte Leserschaft, habe ich mich gegen die aufkeimende Impfpflicht gewehrt. Ich habe mich bis zum heutigen Datum keiner Impfung unterzogen, bin mir und meiner Einstellung treu geblieben. Von meiner persönlichen Einstellung mal ganz abgesehen, hatte ich wegen meiner Erkrankungen – davon werdet Ihr gleich mehr erfahren – eine Befreiung von der Impfpflicht. Diese Befreiung war meine Rettung. Trotz meines vorherrschenden Gesundheitszustandes bereue ich das nicht. Denn, spekulativ betrachtet: Wenn ich mich der Corona-Impfung unterzogen hätte, vielleicht wäre ich jetzt auch schon zwei Meter tiefer, und Ihr würdet nicht mein Buch, sondern meine Todesanzeige lesen können! Wir alle sind doch täglich Viren und Bakterien ausgesetzt. Die unterschiedlichen Viren und Bakterienstämme entwickeln sich stetig weiter. Neue Arten kommen hinzu. Andere wiederum verschwinden gänzlich von der Bildfläche. Das war schon immer so. Unser Immunsystem erkennt und reagiert dementsprechend darauf, bildet Antikörper. Diese Erkenntnis stützt meine gesunde Lebenseinstellung und lässt mich nicht an meinen Handlungen zweifeln. Ich bin kein Mitläufer dieser Gesellschaft, habe meinen eigenen Kopf, mache mir Gedanken, kann situativ selbst Vorsorge für mich tragen und möchte mich von niemandem verbiegen oder zu Handlungen zwingen lassen. Menschen ohne Rückgrat gibt es schon zuhauf auf dieser Welt. Ich bleibe so, wie ich bin. Und das ist gut so! Trotz aller ergriffenen Maßnahmen meinerseits erkrankte ich am 17. 11. 2021 nachweislich am Coronavirus. Vermutlich die Delta-Mutation. Auf eine Austestung habe ich damals verzichtet. Irgendwann musste es mich ja auch erwischen. Eine Woche vor Beginn des Ausbruchs quälten mich Erkältungssymptome – Stockschnupfen mit etwas Reizhusten und erschwerter Atmung, Übelkeit mit Magen-Darm-Symptomatiken, Kopf- und Nackenschmerzen, Abgeschlagenheit und leichtes Frösteln. Den Herausforderungen in der Kinderarztpraxis und in der Kinder-Notfallambulanz hielt ich, bis dato, stand. Wir – das medizinische Personal der Praxis – mussten uns 2–3-mal wöchentlich prophylaktisch einem Corona-Schnelltest unterziehen oder, bei bereits bestandener Symptomatik, testen. Die Durchführung fand noch vor Dienstbeginn statt, um eine Infektionskette zu unterbinden. Wegen meiner damaligen Symptomatik testete ich mich täglich, das Ergebnis fiel bis zum oben genannten Tag immer negativ aus. Eindeutig war das Ergebnis des Schnelltestes im Sichtfenster am 17. 11. 2021 – zwei dicke, fette Striche. Zur Bestätigung des vorliegenden positiven Testergebnisses erfolgte die Abnahme eines Abstrichs mit dem Corona-PCR-Test im Nasen-Rachenraum. Umgehende Isolation und die Einleitung von Quarantänemaßnahmen folgten. Anschließend verließ ich die Praxisräume und fuhr auf geradem Wege nach Hause. Telefonisch informierte ich meine Familie über die angeordnete Quarantäne. Kurze Zeit später trudelten alle Familienmitglieder in der heimischen Pampa ein, mehr oder weniger erfreut über die nun vorherrschende Situation. Im Laufe des Tages verschlechterte sich mein Allgemeinzustand zusehends. Fieber mit Schüttelfrost und starke Kopf- und Gliederschmerzen zwangen mich zur körperlichen Schonung. Unterstützend nahm ich fiebersenkende Medikamente und richtete mir mein Krankenlager auf dem Sofa in der Stube ein. Fernseher und sämtlichen Medienrummel schaltete ich ab, das strengte meine Augen zu sehr an. Das zu erwartende Hungergefühl blieb aus, was ja nicht sonderlich schlimm war. Aber jeder Kranke weiß, wenn man krank ist, sollte man wenigstens auf ausreichende Flüssigkeitszufuhr achten. Dem kam ich nach und kochte mir eine Kanne Erkältungstee. Dieser stand nun, heiß dampfend, geduldig wartend, auf meiner Rattan-Truhe. Schluckweise trank ich von diesem Tee – sonderbar, er war geschmackslos. Er schmeckte nach nichts. Zu diesem Zeitpunkt machte ich mir noch keine Gedanken darüber. Die Nacht verbrachte ich unruhig, von Schmerzen und Fieber geplagt auf meinem Krankenbett. Die folgenden drei Tage waren im Ablauf und vom Krankheitsgeschehen her ähnlich. Zu den Hauptsymptomen kam ein hässlicher Schnupfen mit zähem grünen Schleim hinzu. Meine Kieferhöhlen schmerzten fürchterlich, die Augen brannten wie Feuer, ich hatte keinen Geruchs- und Geschmackssinn, trockener unproduktiver Husten quälte mich, die kleinste körperliche Anstrengung brachte meinen Puls auf Touren und mein Herz klopfte dabei wild in

meinem Brustkorb. Schweißausbrüche und Hitzewallungen
„versüßten" mir meinen Tag: Die Symptome waren mit jenen
der uns bekannten Virusgrippe vergleichbar. Eine Virusgrippe
legt uns Menschen in ähnlicher Weise auch flach. Also, nichts
Außergewöhnliches. In einer Woche werde ich darüber lachen
und kann wieder fröhlich meiner Arbeit nachgehen! Mein Op-
timismus stirbt gewöhnlich zuletzt. Von Corona lasse ich mich
nicht in die Knie zwingen. So sah mein damaliges Denken aus.
Nach der ersten Woche, wie zu erwarten war, stellte sich eine
leichte Besserung meines Gesundheitszustandes ein. Das Fieber mit den Kopf- und Gliederschmerzen war abgeklungen. Mein
Geschmackssinn kam langsam zurück. Mein morgendliches,
heißgeliebtes Marmeladenbrötchen schmeckte jedoch immer
noch eigenartig, eher etwas salzig, statt süß, wenig fruchtig und
lecker – auch nicht schlimm. Das wird vorübergehen. Was noch
anhielt, war der hartnäckige Schnupfen, der bereits auf eine Na-
sennebenhöhlenentzündung hindeutete. Dafür erhielt ich ein
Antibiotikum, das den Heilungsprozess beschleunigte. Auf den
Beinen fühlte ich mich noch schwach und sehr schlaksig, mein
Puls und mein Herz rannten nach wie vor bei der kleinsten Anstrengung um die Wette, der Schweiß tropfte dabei von meiner
Stirn, als wäre ich einen Halbmarathon gelaufen. Einen Korb
mit frischer Wäsche ins erste Obergeschoß zu tragen, war eine
immense Herausforderung für mich. Beim Hinaufklettern von
jeder einzelnen Treppenstufe fehlte mir die Luft. Ich bemerkte
eine starke Kurzatmigkeit, der Puls mit 170 Schlägen war dabei
gut im Rennen. Völlig erschöpft erreichte ich mein Ziel, die
Schlafstube. Mir wurde schwarz vor den Augen. Schwindelge-
fühle begleiteten mich. Erst mal aufs Bett setzen und ruhig atmen. Falls ich jetzt umkippe, lande ich weich und schlage mir
wenigstens nicht noch den Kopf an. Ich bemerkte, wie sich nach
längerer Zeit mein Pulsschlag beruhigte, es pochte zumindest
nicht mehr in meinen Ohren. Das Ohrensausen hatte kurzzei-
tig nachgelassen. Ich versuchte von der Bettkante aufzustehen.
Mit zittrigen Beinen entleerte ich den Wäschekorb, mein Herz
pochte erneut wild in der Brust. Mit letzter Kraft erreichte ich

meinen sicheren Hafen, meine Stube, mein Sofa. Eine Pause war dringend notwendig. Um mich innerlich zu beruhigen, suggerierte ich mir selbst, dass mein geschwächtes Körperlein erst wieder langsam in die Gänge kommen muss – wie schon erwähnt, langsam. Das wird sich alles regeln, die Beschwerden werden von allein abklingen, so wie sie gekommen sind. Auf selbstbeobachtende Maßnahmen verzichtete ich absichtlich. Mir wurde bewusst, dass ich Ruhe und Schonung benötigte. Jedoch blieb auch in den kommenden Tagen die beschriebene Herz-Kreislaufsymptomatik mit den Luftproblemen vorhanden. Abermals konsultierte ich meinen Arzt. Dieser verordnete mir einen Beta- Rezeptoren-Blocker, um meine Herzfrequenz zu senken. Mehrmals täglich dokumentierte ich nun meine Blutdruckwerte und den Puls. Wie eigenartig! Vor der Corona-Infektion hatte ich immer niedrigen Blutdruck und normale Pulswerte. Wiederholt machte ich mir keine Gedanken über meinen Gesundheitszustand. Nach einer Virusinfektion kann so etwas auftreten und normal sein. Ich werde einfach die Tabletten regelmäßig einnehmen und schwupp, bin ich wieder die Alte und funktioniere. Das verordnete Medikament zeigte jedoch keinerlei Wirkung. Zusätzlich erhielt ich ein zweites Medikament zum Senken des Blutdrucks. Dieses Medikament zeigte unerwünschte Nebenwirkungen. Ich bekam schrecklichen Reizhusten und meine Luftnot verstärkte sich. Es wurde von Seiten des Arztes abgesetzt. Okay, ich bin ja auch nicht die Geduldigste und hoffte auf noch schnellere Genesung. Deswegen agierte ich als Versuchskaninchen weiter und probierte ein drittes Medikament aus. Was erstaunlicherweise gut anschlug. Es senkte mit Erfolg meinen Blutdruck. Gott sei Dank, das Ohrensausen war besiegt, eine Baustelle weniger. Die Pulsfrequenz hingegen bewegte sich unverändert zwischen 120–170 Schlägen, selbst im Ruhezustand, beim Ansehen eines Märchenfilmes in der Vorweihnachtszeit – weiterhin über 100 Schläge pro Minute. In diesem desolaten Zustand und mit meiner eigenen Unzufriedenheit, verbrachte ich die Zeit zu Hause im Krankenstand, bis Anfang Januar 2022. Es mangelte an eigener Akzeptanz gegenüber meiner Erkrankung, ich war zu ungeduldig mit mir und meinem Körper. Die zunehmende Kurzatmigkeit und die auftretende Atemnot bei Belastung bereiteten mir zusätzliche Sorgen. Ich fühlte mich wie eine alte Dampflokomotive, ausgedient und abgeparkt auf einem ausrangierten Bahnhof. Meine erste Woche nach dem Krankenstand war der Horror schlechthin. Die körperliche Anstrengung der Arbeit und den ganzen Tag auf den Beinen zu verweilen raubten mir meine letzte Energie. Bei jedem Schritt durch die Praxis japste ich nach Luft, meine Atmung pfiff, Schweißausbrüche quälten mich. Mein Körper war eindeutig noch nicht so weit, er war noch nicht gesund. Da wir aber ein kleines Praxisunternehmen waren, meine Kolleginnen Wert auf ihre freien Tage legten und zusätzlich aufgebrummte krankheitsbedingte Arbeitstage als unschön empfanden, zwang ich mich zum Durchhalten. Meine eigene Denkweise darüber ähnelt der meiner Kollegenschaft. Nach der morgendlichen Routineautofahrt zu meinem Arbeitsplatz war ich schon fix und fertig, schweißgebadet. Oben im ersten Stock angekommen, ließ ich mich rücklings in einen der Stühle fallen, wischte mir den Schweiß vom Gesicht und Hals und wartete, bis sich mein Puls etwas beruhigt hatte. Dann bereitete ich langsam die Praxis für den bevorstehenden Tag vor. Ich biss die Zähne zusammen. Noch fester konnte ich nicht zubeißen, dann wäre mir eventuell ein Zahn abgebrochen. Aufgeben war keine Option – das bin nicht ich. Vielleicht kann man sich sinnbildlich vorstellen, wie ich zum damaligen Zeitpunkt gekämpft habe. Gedanken, meine Hausärztin aufzusuchen und um einen erneuten Krankenschein zu bitten, waren keinesfalls abwegig, aber zu realitätsfern um sie umzusetzen. Der angestrebte Besuch fand nicht statt. Unterdessen forderte ich bei meiner Hausarztpraxis telefonisch eine Überweisung zum Kardiologen an. Bei deren Abholung war eine Arztvorstellung unvermeidbar. Ich berichtete ausführlich über meine Probleme des Herz-Kreislaufsystems, die Atemnot, die körperliche Schwäche und meinen deutlich reduzierten Allgemeinzustand. An dieser Stelle muss ich betonen und hervorheben, dass ich eine sehr gute Hausärztin habe. Sie nimmt mich und meine Beschwerden äußerst ernst und kehrt sie nicht unter den Tisch. Es ist ein großes Glück, in der heutigen schnelllebigen Gesellschaft, in der die Versorgung auf ein Minimum reduziert ist, so eine fachkompetente Hausarztbetreuung genießen zu dürfen. Eine zweite Überweisung zum Facharzt für Pulmologie folgte. Mein erster wichtiger Gang war zum nahegelegenen Kardiologen, im März 2022. Untersuchungen wie Langzeit-EKG und Echokardiographie wurden durchgeführt. Im Langzeit-EKG zeigten sich Herzrhythmusstörungen bis 153 bpm. Das Protokoll vom Untersuchungstag spiegelte meine notierten Beschwerdebilder wider. Ich hatte es nun schwarz auf weiß, vor mir lag der Befund. Zwischendurch glaubte ich bereits, dass ich mir das alles nur einbilde und meine Beschwerden psychosomatischer Natur sind. Der Kardiologe vermerkte im Befundbericht, dass bei Long-Covid ein langsamer Aufbau der körperlichen Kondition unbedingt zu empfehlen wäre. Tja, was soll ich sagen, da habe ich wohl einiges falsch gemacht und bin eigenmächtig die besseren Therapiemaßnahmen umgangen. Mittlerweile waren seit Januar schon wieder zwei Monate vergangen, in denen ich funktionierte, täglich meiner Arbeit nachging und die Hilferufe meines Körpers missachtete. Um mich körperlich nicht weiter überzustrapazieren, wurde meine Arbeitsweise etwas ruhiger, meine Arbeitsschritte durch die Praxisräume wurden langsamer und in meinem Kopf bildeten sich langsam neue Verhaltens- und Denkstrukturen. Glaubt nicht, dass es je einfach für mich gewesen ist, immer alles gleich und sofort in die Realität umzusetzen. Für gesundheitsfördernde Maßnahmen, was meine eigene Gesundheit betrifft, bin ich eine echt verkorkste, schwierige Patientin – eine Krankenschwester eben. Das ist aussagekräftig genug, oder? Im April 2022 besuchte ich, die alte Dampflokomotive, mit quietschenden und pfeifenden Atemgeräuschen, einen Facharzt für Pneumologie. Husten bei Belastung war unterdessen mein täglicher Begleiter. Lungenfunktionstest, Blutabnahme und Röntgen-Thorax erfolgten. Eine Diagnose ließ nicht lange auf sich warten: Nicht allergisches Asthma Bronchiale, Asthma bei Belastung – Long-

Covid. Der Arzt verordnete mir ein kortikoidhaltiges Asthmaspray, was ich nun 2x täglich inhalierte, und er beantragte eine Rehamaßnahme an der See. Mein Asthmaspray schlug erstaunlicherweise zügig an, die Atemgeräusche wurden deutlich weniger und ich bekam besser Luft. Der Husten reduzierte sich. Dieser Arztbesuch war mehr als nur zufriedenstellend für mich. Endlich wurde mir geholfen. Jetzt kann es ja nur noch bergauf gehen! In meinem Fall wohl eher bergab! Mein Leidensdruck verstärkte sich in den kommenden Wochen. Ich fühlte mich unverändert schlecht, zunehmend ausgelaugter, ich benötigte immer längere Erholungsphasen, doch die Erholung blieb nach getaner Arbeit aus. Ich war ständig müde, unzufrieden und kraftlos. Die verordneten Medikamente zeigten zwar Wirkung, aber mein lang ersehnter Genesungswunsch blieb nach wie vor aus. Mich selbst beobachtend stellte ich fest, dass ich nebenbei an Gewicht verlor. Damals dachte ich noch, oh wie schön! Ich hatte Euch ja berichtet, dass eine Gewichtsreduktion bei mir nie funktionierte. Über jedes Kilogramm weniger, das meine Waage anzeigte, war ich mehr als nur stolz. Ich beschenkte mich selbst, gönnte mir bewusst etwas Konsum. Ich kaufte mir neue Kleidung, eine Hose zwei Nummern kleiner und zwei T-Shirts. Es sah gut aus, die neue Kleidung formte zart meine Silhouette. Was für eine neue unbekannte, weibliche Form an mir. Wow! Etwas Positives hatte Long-Covid wohl doch. Mittlerweile befinde ich mich mitten in den Sommermonaten. Es ist Juli 2022. Mein langersehnter Sommerurlaub steht kurz bevor. Mein Gesundheitszustand hat sich etwas gebessert. Es gibt weiterhin Tage, an denen ich mehr Kraft zur Verfügung habe. Die schlechten Tage überwiegen weiterhin. An solchen besagten Tagen schaffe ich es gerade so, meinen Alltag zu verrichten. Mit meinen Kräften haushalte ich. Tagesformabhängig werde ich kleinere Unternehmungen machen und stecke Reiseziele in der Heimat nicht so hoch. Deswegen habe ich mir dieses Jahr vorgenommen, nicht in den Urlaub aufzubrechen, um ein neues, fernes Land zu entdecken. Nein, ich werde meine Freizeit in meiner wunderschönen Heimat verbringen. Vielleicht werde ich

Badeseen und Freibäder mit meiner Tochter und meiner lang-
jährigen Freundin erkunden. Hie und da gibt es bestimmt auch
noch Sehenswürdigkeiten, die mir noch unentdeckt blieben und
darauf warten, dass ich sie im Sturm erobere. Oder ich verbringe meine Zeit auf meiner Terrasse, mit einem guten Buch. Die
Entscheidungen werden spontan ausfallen. Mein dritter Ur-
laubstag war ein sehr heißer, sonniger Tag. Wir haben im Schat-
ten Temperaturen um die 40 °C. Es duftet herrlich nach Wiesen,
getrocknetem Heu und Blumen. Es geht kein Wind, die Hitze
liegt wie eine Dunstglocke über uns, die Luft ist zum Schnei-
den. Die Insekten sind emsig, fliegen von einer Blüte zur nächsten, sammeln Pollen an ihren süßen Hinterleibern. Heute ist
ein Tag, an dem ich mich körperlich gut fühle, nicht so kraftlos.
Durch die bestehende Hitze war ich heute sehr sparsam mit
meiner Kraftverteilung. Deswegen habe ich mir vorgenommen,
heute ins ortsansässige Bad zu radeln. Eine Erfrischung und Belohnung im kühlen Nass ist heute genau das Richtige. Ich rede
nicht davon, Bahn um Bahn zu schwimmen, eher davon, mich
zu erfrischen. Wahrscheinlich werdet Ihr mich im Nichtschwim-
merbecken antreffen. Vorher werde ich nochmal kurz mit meinem Hund in den Garten gehen. Er muss seiner Notdurft ja auch
nachkommen. Bei diesem kurzen Spaziergang durch meinen
Garten sticht mich ein Insekt unter meine rechte Achselhöhle –
ich sehe es noch wegfliegen, schwarz-gelb, meine Vermutung:
Eine Wespe. Einen Wespenstich hatte wohl schon jeder meiner
Leser und Leserinnen. Daher weiß man, wie fürchterlich er
brennt und schmerzt. Ich und mein Hund schlendern ins Haus
zurück. Als Erstversorgung kühlte ich die Einstichstelle mit
Rotweinessig, nebenbei schnitt ich Zwiebelringe zurecht, die
ich anschließend auf den Stich auflegen wollte. Unterdessen
quälte mich bereits ein tierischer Juckreiz am ganzen Körper,
mein Gesicht kribbelte furchtbar, als würden Hunderte von
Ameisen durch meinen Körper jagen. Plötzlich setzte eine un-
vergleichbare Müdigkeit ein. Ich steuerte mein Sofa an, legte
mich hin, gleichzeitig rief ich meine Eltern an und informierte
sie über den Stich und mein Unwohlsein. Ferndiagnostisch konn-

ten sie mir nicht viel helfen. Sie selbst waren damals an Corona erkrankt. Und ich wollte nicht, dass meine Eltern mit ihrer Coronainfektion zu mir ins Haus kommen. Dann ging alles rasant schnell. Zu schnell. Mir schwoll das Gesicht an, besonders die Augen und die Oberlippe. Durch die Nase bekam ich immer schlechter Luft. Ich öffnete den Mund, um besser Luft zu bekommen. Ein Fremdkörpergefühl machte sich im Rachen bemerkbar – das Schlucken fiel mir schwer. Ein urtikarielles Exanthem weitete sich auf meinem Körper aus. Jetzt war mir bewusst, dass ich die Rettungsleitstelle anrufen muss. Die Situation drohte aus dem Ruder zu laufen. Ich benötigte sofortige medizinische Hilfe. Mit zitternden Händen wählte ich den Notruf. Der Mann, der meinen Anruf entgegennahm, war sehr besorgt, seine Stimme klang ruhig und hatte eine besänftigende Wirkung auf mein Gemüt. Zu jenem Ereignis befand ich mich allein zu Hause, na klar hat man in diesen Momenten Ängste – Todesangst. Mit leiser, nach Luft ringender Stimme, teilte ich ihm telefonisch mit, wo mich die Rettungskräfte im Haus auffinden werden, dass ich die Haustür noch öffnen werde und meinen Hund ins Nebenzimmer bringe. Der Eigenschutz der Rettungskräfte steht ja gewöhnlich an erster Stelle. Es ist nie absehbar, wie ein Hund in solch einer angespannten Lage reagiert. Die Rettungskräfte trafen vor dem Notarzt bei mir ein, legten mir einen venösen Zugang und unterzogen mich dem Monitoring. Sie bereiteten die Spritzen mit Prednisolon und Fenistil vor. Als der Notarzt eintraf, bekam ich die Medikamente sofort i. V. injiziert. Langsam, aber nur langsam trat eine Besserung ein – ich bekam wieder Luft und konnte etwas sprechen. Was dann folgte, könnt ihr Euch ja vorstellen. Na logo! Eine rasante Fahrt in die nächstgelegene Klinik. Es bot sich meine zweite Chance im Leben, vorne, als Beifahrer in den Krankenwagen einzusteigen. Doch mir wurde schnell bewusst, dass ich abermals am kürzeren Hebel saß. Wie zu erwarten war, wurde ich hinten auf die Liege verfrachtet. Das war gut so. In sitzender Position hätte ich nicht lange verweilen können. Mir ging es in liegender Position schon dementsprechend schlecht genug. Und meine Umgebung drehte sich fürchterlich. In einer nahegelegenen Notfallambulanz verweilte ich zur Überwachung, an einer Infusion hängend, bis die Symptomatiken abgeklungen waren. Ab heute zählte ich nun zu den schweren Wespengiftallergikern. Früher hatte ich auch Wespenstiche, mit normalen Reaktionsverläufen. Warum nur reagierte ich jetzt so schlimm auf das Wespengift? Liegt die Ursache twa an der durchlebten Coronainfektion? Fragen, auf die ich bis heute, keine plausible Antwort von Seiten der Ärzte erhalten habe. Am nächsten Morgen suchte ich meinen Hausarzt auf. Ich benötigte dringend ein Notfallset und einen Allergiepass. Von meinem Arzt wurde ich fachgerecht über die Anwendung der Medikamente, insbesondere über die Benutzung des Fastjekt, eines Autoinjektors, unterrichtet. Bloß gut, dass ich eine große Handtasche habe. Die Notfallmedikamente, untergebracht in einer separaten Tasche, sind fortan mein neuer Begleiter. In den kommenden Tagen schwoll mein rechter Oberarm aufs Zweifache an, scharf abgegrenzte Wundränder waren zu sehen. Der Einstichkanal war entzündet, Schüttelfrost und Unwohlsein waren Begleitsymptome. Erneut machte ich mich auf den Weg in eine Klinik, zum Bereitschaftsarzt. Es hatte sich ein Erysipel entwickelt und benötigte dringend antibiotische Unterstützung. Zum Kühlen und gegen die Schwellung schrieb er mir Hydroxi auf. Was für ein perfekter Sommerurlaub. Ich konnte mir nichts Besseres vorstellen, als jeden Tag seine Lebenszeit bei einem anderen Arzt zu verbringen. Das hat doch was, ein wahrhaftes Träumchen – es ist jedenfalls individuell und abwechslungsreich. Ernsthaft! In Wirklichkeit stand mir das Wasser „bis Oberkante Unterlippe". Ich bin eine sehr anspruchslose Frau und wünschte mir nichts sehnlichster, als ein klein wenig mehr Lebensqualität, verbunden mit besserer Gesundheit – mehr nicht! Ist das denn zu viel verlangt? Anscheinend schon! Seit jenem Tag sind mein geliebter Garten und meine heiß ersehnten Sommertage für mich ein Graus, der Gang ins Freibad oder an einen See eine Herausforderung. Das Summen der Insekten versetzt mich in eine Starre, der Gang durch den Garten – eine Odyssee. Ihr denkt bestimmt: „Was hat sie denn, sie ist doch mit einem Notfallset ausgestattet! So häufig kommt ein Insektenstich doch nicht vor." Werte Leserschaft, es ist die Angst, die geblieben ist. Vielleicht legt sich irgendwann meine neu erworbene Angst und wandelt sich wieder in Sicherheit um. Ich bin voller Hoffnung. Die Sommermonate verflogen. Mit großen Schritten näherte sich der Herbst. Wie schnell doch die Zeit verrinnt, wenn man nebenbei nur noch mit seiner Gesundheit und den auferlegten Krankheiten beschäftigt ist, kaum oder wenig Selbstfürsorge betreibt, obwohl es einem bewusst ist, wie wichtig es wäre. Die Arbeit dominant im Vordergrund steht und die eigenen Bedürfnisse und sich selbst vollkommen ausblendet. Und funktioniert nur, weil man funktionieren muss! Aber die Besserung des gesundheitlichen Allgemeinzustandes ausbleibt.

„Was für eine dumme Frau ich doch gewesen bin! Engstirnig!"

Im Oktober 2022 ging ich, wegen meiner Wespengiftallergie, stationär nach Coswig, in eine Fachklinik. Ich begab mich zur Einleitung einer systemischen Immuntherapie bei Wespengiftallergie, in die Hände von Spezialisten. Ich wollte mich meiner Angst stellen, ich werde sie besiegen. Die schnelle Dosissteigerung wurde von mir gut vertragen. Bis auf mäßige Lokalreaktionen beider Oberarme sind keine systemischen Beschwerden unter der Therapie aufgetreten. Die Depotdosis von 100 µg ALK-depot-Wespengift konnte mir komplikationslos verabreicht werden. Nach drei Tagen verließ ich mit winkenden Popeye-Armen und starkem Juckreiz die Klinik. Geplant war nun, monatlich eine Spritze Wespengift beim HNO-Arzt meiner Wahl zu erhalten. Eine Therapiedauer von 5 Jahren sollte dabei angestrebt werden. Ein Therapieerfolg nach der langen Dauer war nicht absehbar, aber wünschenswert. Mein bestelltes Wespengift holte ich mir in einer Kühlbox von unserer Apotheke ab. Die Verpackung des Giftes war verplombt – ein Sicherheitsverschluss. Zwischenzeitlich lagerte ich es in unserem Kühlschrank. Damit fuhr ich einen Monat später zum Arzt, bereit für die nächste Injektion. Wegen meiner ihm bekannten Reaktion auf das Medikament verteilte er die Depotspritze auf beide Oberarme gleichermaßen. Zuvor hatte sich der Arzt mit einer Vertreterin für dieses Medikamentes diesbezüglich in Verbindung gesetzt. Nach der Injektion bekam ich Kühlakkus um die Oberarme gebunden und verblieb noch eine Weile in der Praxis, um eine schwere systemische Reaktion auszuschließen. Ich erhielt einen neuen Termin für Dezember. Wahnsinn! Bald beginnt die wundersame Vorweihnachtszeit mit all ihren Vorzügen. Ich wünschte mir vom Christkind nur Gesundheit. Und dann stand schon wieder der Jahreswechsel an. Wer weiß, was das Neue Jahr bringen wird. Ich habe weiterhin stark an Gewicht verloren. Unklare Oberbauchbeschwerden sind hinzugekommen. Es liegt bestimmt an den Umständen, die mich umgeben. Mittlerweile sind es 25 kg Körpergewicht weniger, die ich mit mir rumschleppe. Ich esse sehr gut. Daran kann es nicht liegen. Mein Körper verlangt nach Unmengen von Fleisch und überrascht mich mit anderen Gelüsten, die ich von mir nicht kenne. Ich denke, dass es so sein darf. Jeder menschliche Körper stellt sich im Laufe seines Lebens um. Es wird schon nichts Krankhaftes sein. Meine Beschwerden, die seit dem November 2021 aufgetreten sind, sind unverändert ein fester Bestandteil meines Lebens, jeder Tag ein Kampf, jeder Tag eine Herausforderung! Am Montag, den 19. 12. 2022 plagten mich während der Arbeitszeit starke, linksseitige Oberbauchschmerzen und Schweißausbrüche. Es fällt mir schwer, ein Bein vor das andere zu setzen, stehen geht gar nicht mehr. Meine Konzentration lies nach, mein Körper sehnt sich danach, zu liegen. Dem Wunsch kam ich nach. Seitlich legte ich mich während der Arbeitszeit auf eine Praxisliege. Minutenlang verharrte ich in dieser Stellung. Die Beschwerden wurden immer schlimmer. Bestimmt habe ich mir einen Magen-Darmvirus eingefangen. Wird schon wieder! So kurz vor Weihnachten krank sein, gibt's nicht! Meine Arbeit unterbreche ich an diesem Montag. Ich schleppe mich zum Auto, versuche, das Auto in Richtung Heimat zu steuern. Ich kann meine Beine vor Schmerzen nicht mehr vom Bodenblech abheben. Die Schmerzen zwingen mich, Zwangspausen am Seitenstreifen und in den

Straßeneinbuchtungen einzulegen. Mir ist so übel. Ich will nur noch nach Hause. Endlich erreichte ich meinen Heimathafen. Erneut nahm ich die für mich bequemste Lage auf meinem Sofa ein – seitlich. So war der Schmerz erträglich. Ich musste wohl eingeschlafen sein, ein verstohlener Blick auf mein Handy sagte, dass ich vier Stunden lang geschlafen habe. Ich war schmerzfrei und auch alle anderen Beschwerden waren wie weggeblasen. Jedoch traten diese Beschwerden seit November öfters auf, von unterschiedlicher Intensität – vermutlich ein nervöser Magen oder Darm. Was anderes kommt nicht in Betracht. Am 21. 12. 2022 hatte ich ein geplantes Ganzkörper-CT wegen meiner noch unklaren Oberbauchbeschwerden und der Gewichtsabnahme. Den Befund dazu erhielt ich am Folgetag per Fax in unsere Kinderarztpraxis.

Befund: Unklare Situation im Bereich des Pankreasschwanzes und des Duodenums, hier kann nicht sicher zwischen einer möglichen Raumforderung oder Darmschlingen unterschieden werden. Ich kann Euch nicht beschreiben, wie viele Dinge mir gleichzeitig durch den Kopf schossen, was ich fühlte, welche Hitze durch meinen Körper kroch. Am liebsten wäre ich weggerannt, weggerannt vor mir selbst. Aber eines war mir bewusst, immerhin bin ich Krankenschwester. Befunde kann ich lesen und verstehe, welche Erkrankungen hinter den Zeilen stehen könnten. In diesem Sinne: Frohes Fest! Vielleicht das letzte Weihnachten, was ich mit meinen Liebsten verbringen darf. Das weihnachtliche Ritual wurde, trotz negativer Gedanken und bitterem Beigeschmack, was weitere Untersuchungen ans Tageslicht bringen würden, vollzogen. In der Stube thronte unser Shabby chic-Bäumchen in Weiß, mit silbernen und türkisfarbigen Kugeln geschmückt. Alles war wie immer. Am ersten Weihnachtsfeiertag hatte ich glücklicherweise Klinikdienst. Wie es der Zufall will, auch meine Hausärztin. Ich berichtete ihr vom CT-Befund. Sie bestellte mich einen Tag nach den Feierlichkeiten zu sich in die Praxis und führte eine Oberbauch Sonografie durch. Mir wurde Blut abgenommen – Tumormarker. Nach der

Sonografie meldete sie mich telefonisch für ein dringendes, erneutes CT mit Kontrastmittel an – unklarer linker Oberbauch, **Verdacht auf Pankreasschwanztumor**. Mit der Überweisung in der Hand verließ ich die Praxisräumlichkeiten – vollkommen kopflos, aber innerlich erstaunlich ruhig. Falls sich diese Diagnose bestätigen sollte, würde meine Lebenszeit noch ein viertel Jahr betragen. Das ist nicht viel, aber ausreichend, um noch ein, zwei schöne Dinge zu erleben und intensiv die Zeit mit meinen Kindern und Juniherz zu verbringen. Die Gedanken daran ließen mir den Boden unter den Füßen schwanken, alles drehte sich, ich taumelte und brach letztendlich in Tränen aus. Nein! Ich will noch nicht sterben, ich will leben!

Aufgeben gibt's nicht!

Zwei Tage nach der besagten Sonografie war es schon so weit. Mein CT-Termin stand an. Das Schlimmste an diesem Morgen war, dass ich nüchtern zur Untersuchung kommen musste. Ich sollte ohne Frühstück und meinen heißgeliebten Kaffee das Haus verlassen. Unvorstellbar! Aber, was muss, das muss! Ich war die Unruhe in Person, trampelte von einem auf das andere Bein durchs Haus, putzte mir gleich zweimal die Zähne, meine Konzentration ließ zu wünschen übrig, und in meinem Kopf dominierte das Chaos und die Angst. Ansprechen brauchte mich niemand – meine Nerven lagen blank. Selbst wenn der Papst persönlich mich angesprochen hätte, wäre ich nicht aufnahmefähig gewesen. Mein fürsorglicher Sohn fuhr mich mit seinem PKW zum Untersuchungstermin. Während der Autofahrt stellte ich mir öfters die Frage, was gerade in diesem Moment das Schlimmste sei, sein rasanter Fahrstil (hat er von der Mama) oder die bevorstehende Untersuchung! Aber im Endeffekt war mir heute alles schnurzegal. Angekommen bei der radiologischen Praxis, stieg ich ungewöhnlich ruhig aus dem Auto aus. Wir betraten die Praxisräume, und mich umgab ein gutes Gefühl. Auf einmal hatte ich keine Angst mehr. Erschrocken über mich selbst, ging ich auf die Anmeldung zu. Am Empfang saß eine kompetente, freundliche Schwester. Sie überreichte mir die Unterlagen für die Untersuchung, die ich anschließend ausfüllte. Obwohl ich eine Kontrastmittelallergie habe, gab ich mein sofortiges Einverständnis für diese Untersuchung – bin ja bestens ausgerüstet. Das Notfallset (Wespengift) habe ich in der Handtasche. Und wenn ich Glück habe, hat der Arzt auch noch was in petto. Ich muss da jetzt durch – aufgeben ist nur etwas für Feiglinge, egal, ob negatives oder positives Endergebnis. Kürzlich wurde die Praxis neu eröffnet. Sie ist modern und hat klare Linien – nichts, was Unruhe stiften könnte. Mein Aufenthalt im Wartebereich war angenehm, ich fühle mich wohl. Ein Gefühl von Sicherheit umgab mich. Meine Wartezeit war sehr kurz, fast pünktlich wurde ich von einer Schwester in eine Umkleidekabine gerufen. Hinzu kam eine Radiologin. Zusammen gingen wir verbal nochmal einige Punkte meiner Beschwerdeliste durch, worauf das Augenmerk gerichtet werden sollte (linker Oberbauch). Mit ruhiger, aber bestimmender Stimme bitte ich die Ärztin, nach erfolgter Untersuchung, mir eine kurze Auswertung mitzuteilen. Ich teilte ihr mit, dass ich nicht selbst mit dem Auto angereist bin und mein Sohn mich sicher nach Hause zurückbegleiten wird. Sanft berührt mich die Ärztin am Arm und sprach mit ruhigen Worten zu mir: „Sie sind ja so dünn, ziehen Sie bitte wieder ihr Strickkleid an. Das dürfen Sie zur Untersuchung tragen. Alles Weitere besprechen wir nach der Untersuchung." Mit gefassten Schritten betrat ich den Untersuchungsraum und platzierte meinen Körper auf die schmale Untersuchungsliege. Ein erster Venenzugang in der linken Armbeuge für das benötigte Kontrastmittel wird mir gelegt. Der Computertomograph wird positioniert, die Ärztin und die Schwester verlassen den Untersuchungsraum. Die Untersuchung beginnt. Über die Lautsprecheranlage erklingt eine nette Stimme: „Ist alles in Ordnung?" „Es wäre schön, wenn mal jemand zu mir kommen könnte, ich glaube, die Flüssigkeit des Kontrastmittels läuft nicht in meinen Körper, sondern nebenher. Hier ist alles nass und blutig." Das waren meine Worte. Die Untersuchung wurde gestoppt. Ein zweiter Zugang am rechten Arm wurde gelegt. Auf ein Neues. Der zweite Anlauf verlief ohne weitere Komplikationen. Während der Kontrastmittelgabe wurde mir heiß. Beginnend am Oberkörper, bis hin zu den Füßen. Der Gaumen und der Mundraum schwellten leicht an. Nach der Untersuchung verblieb ich eine weitere halbe Stunde im Wartebereich. Essen durfte ich noch nicht, die Schwellung sollte erst zurückgegangen sein. Aber schluckweise trinken durfte ich. Zusammen mit meinem Sohn wartete ich auf das Ergebnis. Als die Tür der Umkleidekabine sich öffnete und die Ärztin meinen Namen rief, lief ich zielstrebig auf sie zu. Noch während ich lief, sagte die Ärztin, dass ich keinen Bauchspeicheldrüsenkrebs habe. Voller Demut und Dankbarkeit sank ich weinend in ihre Arme. Sämtliche Anspannungen, Erregungs- und Angstzustände und die Last der vergangenen Tage fielen wie Granitbrocken von meinen Schultern. Vermutlich konnte jedermann, der sich in den Praxisräumen aufhielt, die Steine aufschlagen hören. Die Radiologin berichtete mir in einer kurzen Zusammenfassung, dass in einem anderen Organ ein gutartiger Herd ist, der aber nicht der Auslöser meiner Beschwerden ist. Auf ihr Anraten hin sollten zusätzliche Untersuchungen erfolgen, ggf. Magen- und Darmspiegelung.

Mein zweiter Geburtstag ist nun der 29. 12. 2022.

Vom Glück benommen, chauffierte mich mein Sohn zurück in die Heimat. Die Erleichterung über dieses positive Ergebnis war allen buchstäblich auf die Stirn gemeißelt. Nach dem Jahreswechsel ins Jahr 2023, ging ich wie gewohnt meiner Arbeit nach. Täglich wurde ich von der euch bekannten Oberbauchsymptomatik umgeben, auf die ich aber keinen Fokus mehr legte. Die Abklärung war ja nun erfolgt – sozusagen alles schick. Nach dieser Verdachtsdiagnose im Dezember wurde mir erstmalig bewusst, wie wertvoll das Leben ist und dass man sich und seiner Gesundheit mehr Beachtung und Selbstfürsorge schenken sollte. Ich hörte auf meinen Körper. Wenn er eine Ruhepause benötigte, legte ich diese ein. Meine perfektionistische Arbeitsweise hielt ich aufrecht. Aber ich reagierte auf meine körperlichen Signale. Immerhin, ein erster Schritt in die richtige Richtung. Nach so vielen Monaten wurde es ja auch endlich Zeit. Mitte Januar 2023 bekam ich aus heiterem Himmel einen Brech-Durchfall, der fünf Tage lang anhielt. Sämtliche Gerüche, nicht nur die von Nahrungsmitteln, ekelten mich an. Nur noch schluckweise Wasser konnte ich zu mir nehmen. Meine Haut stand in Falten – es drohte eine beginnende Exsikkose, begleitet von Bauchkrämpfen und starker Übelkeit. Am 22. 1. 2023 konsultierte ich mit letzter Kraft die Notfallambulanz eines Krankenhauses. Nach einem kurzen Einblick in die Vorbefunde der vergangenen Wochen und aufgrund von der im Dezember bestandenen Verdachtsdiagnose wurde ich umgehend stationär aufgenommen. Nun trat jener Fall ein, den ich immer befürchtet hatte. Wie furchtbar hilflos man sich doch fühlt, wenn man am Ende seiner Kräfte ist und die Ärzte dir ratlos gegenübertreten – nichts Handfestes finden und im Dunkeln stochern. Man dennoch weiterhin körperlich abbaut und es immer noch nicht mit einer Diagnose zu benennen ist. Dein Körper dir Symptome aufzeigt, die nicht einzuordnen sind und dein Blutbild bislang immer in Ordnung ist. Mein aktuelles Gewicht beträgt nunmehr 49 Kilogramm – 32 Kilogramm an Gewicht verloren. Vielleicht habe ich ja doch einen an der Klatsche. Bestimmt ist alles psychosomatisch. Mittlerweile beschränkte sich mein Denkverhalten auf diese zwei Sätze. Abermals habe ich aber Glück, der leitende Oberarzt der Inneren, war fachlich äußerst kompetent. Auch er nimmt mich und meine Äußerungen ernst, lässt mich zu den Visiten aussprechen. Zahlreiche Untersuchungen lasse ich in den kommenden Tagen über mich ergehen. Einen Tag nach der Aufnahme erfolgte schon die Gastroskopie – meine erste Gastro. Ich hatte einen Riesenbammel und Respekt vor dieser Untersuchung. Aber, Ihr wisst ja, ich bin eine Krankenschwester – ich kenne keinen Schmerz. Ohne Dormicum-Gabe überstand ich diese Untersuchung, die übrigens nicht lange dauerte – ca. 10 Minuten, mit Probeentnahmen aus Magen und Duodenum. Einmal fest schlucken und schwuppdiwupp, ist der Schlauch auch schon am Ort des Geschehens, dort wo er hingehört. Am Folgetag hatte ich eine Darmspiegelung. Das kannte ich bereits. Davor hatte ich keine Bedenken und Ängste. Auch diese Untersuchung erfolgte ohne Dormicum-Gabe. Immerhin wollte ich es live miterleben, wie es in meinem Darm aussieht. Zugegebenermaßen, es tat sehr weh. Aber, ich sehe schick von innen aus. Die vorgeführten Atemübungen einer gastroenterologischen Schwester zeigten Erfolg. Es geht Schmerzen wegzuatmen, zumindest werden sie erträglicher. Das kennen wir Frauen von unseren Geburten, oder?

Zusammenfassung: An die Leser und Leserinnen, die vor diesen Untersuchungen Angst haben … das ist normal. Ich will Euch mit meinen Erfahrungen und Zeilen bestärken und Mut machen. Ihr schafft diese Untersuchungen, auch ohne Euch ins Traumland abschießen zu lassen. Ihr könnt stark sein, Ihr müsst nur fest an Euch selbst glauben. Außerdem dürft Ihr anschließend essen und trinken und müsst nicht euren Rauschzustand ausschlafen. Untersuchungen sind wichtig, zum Teil unumgänglich, und tragen zur Selbstfürsorge bei. Wie Eure Entscheidung letztendlich ausfällt, ob mit oder ohne Narkose, sei dennoch jedem selbst überlassen. Schmerzen und Ängste sind bei jedem Menschen unterschiedlich stark präsent und ausgeprägt. Demzufolge möchte ich Euch auch keine Vorschriften machen. Es war meine persönliche Erfahrung, die ich Euch mitteilen wollte. Das war mir ein wichtiges Anliegen. Weitere diverse Untersuchungen folgten. Am 26. 1. durfte ich das Krankenhaus verlassen, mit dem hochgradigen Verdacht auf eine Zöliakie und eine Lactoseintoleranz. Der Histologie-Befund meines Duodenums: Marsh 3a – verkürzte Dünndarmzotten. Mir wurde zu einer längeren Genesungsauszeit geraten. Kann man machen, muss man aber nicht. Und ich mache es erst recht nicht. Das werde ich mit Sicherheit nicht in die Realität umsetzen, bin doch nicht verrückt im Kopf. Ich werde doch auf Arbeit gebraucht. Selbstfürsorge ade! Das waren nun meine Diagnosen. Deswegen habe ich 32 Kilogramm an Gewicht verloren – schwer vorstellbar, aber besser als die Diagnose Bauchspeicheldrüsenkrebs. In den kommenden Wochen krempelte ich meine Ernährung vollständig um – gluten- und lactosefrei, für den Rest meines Lebens. Ein Lernprozess. Ich muss anmerken, habt Ihr Euch mal in den Einkaufsmärkten umgesehen? Es gibt nämlich gar nicht so viele Produkte für die Betroffenen einer Zöliakie-Erkrankung. Auch weisen diese Produkte horrende Preise auf. Ein Beispiel, in Italien werden Zöliakie-Patienten vom Staat unterstützt. Mit dem Vorlegen ihres Gesundheitsausweises dürfen sie Lebensmittel einkaufen und beziehen. Warum werden Betroffene dieser Erkrankung in unserem Land nicht auch unterstützt, oder bezuschusst? Man muss im Leben wohl nicht alles verstehen! Trotz achtsamer Ernährungsumstellung plagen mich weiterhin die Oberbauchschmerzen, Übelkeit, Bauchschmerzen, -krämpfe und Durchfälle. Es wird wohl noch eine Weile dauern, bis sich mein Darm erholt hat, die Zotten nachgewachsen sind und mein Körper die zu benötigende Energie wieder aus dem Darm aufnehmen kann. Eine Gewichtsabnahme hinterlässt natürlich auch seine Spuren. Ich bin jetzt eine sehr schlanke Frau. Meines Erachtens zu schlank. Ich habe mich erneut neu einkleiden müssen, von allem ein wenig – von Kopf bis zu den Beinen sozusagen. Lediglich meine Sockengröße bleibt mir bis heute treu ergeben. Hängende Bauch- und Beinfettschürzen habe ich nicht, auch dies hat mein Körper für die benötigte Energie umgesetzt. Mein Seelenleid beschränkt sich auf meinen Busen. Früher war er wohl geformt und hatte eine angemessene Körbchengröße. Mit dem Aussehen meines Busens war ich immer zufrieden. Das war der einzige Körperteil an mir, an dem ich nichts zu bemäkeln hatte. Zurückgeblieben sind zwei hängende, leere Hautlappen, gefüllt mit Mangelzysten (wegen der Gewichtsabnahme und der Mangelernährung). Aber, auch das nehme ich in Kauf. Das ist das kleinere Übel, was man plastisch, durch einen Chirurgen beheben lassen könnte. Vielleicht werde ich es zu gegebenem Zeitpunkt in Betracht ziehen. Momentan hat es keine Priorität für mich. Zuerst muss ich wieder auf die Beine kommen und etwas an Gewicht zunehmen, um mich zu stärken, um gesund zu werden. Step by step! Ich hatte vergessen, Euch zu berichten, dass zwischenzeitlich meine Reha genehmigt wurde. Es wird für drei Wochen nach Sylt gehen. Ich, das Küstenkind darf auf eine Nordseeinsel – womit habe ich das nur verdient? Ist es eine Belohnung, wegen meines langen Leidensweges? Die Freude war riesig – manchmal glaube ich ja an Gerechtigkeit und eine dementsprechende Belohnung. Aber, Reha bedeutet Arbeit – harte Arbeit an seiner Gesundheit. Aber mal ehrlich: Ja, ich habe mir diese Reha auf einer Nordsee-Trauminsel verdient. Mein Reha-Antritt hatte sich jedoch ins Jahr 2023 verschoben. Wegen Corona und den damit verbundenen Einschränkungen begann das Abenteuer Reha im Februar 2023. Der Start in die Rehamaßnahme war eine spannende, zum Teil auch lustige und strapaziöse Zugfahrt. Jahrzehntelang habe ich keine öffentlichen Verkehrsmittel mehr genutzt. Das Umsteigen auf Deutschlands Bahnhöfen, die für mich gänzlich fremd waren, im Schlepptau einen 30 kg schweren Koffer – eine Kriegserklärung an mich selbst. Beim Umsteigen in Hamburg Altona falle ich mitsamt dem Koffer aus dem ICE und lande mit beiden Knien auf dem Bahnsteig. Typisch ich, so etwas kann nur mir passieren. Unzählige Passagiere des Zuges steigen über mich hinweg, keiner macht Anstalten und bietet mir seine Hilfe an. Eigentlich unverschämt, aber jeder ist nur noch sich selbst der Nächste. Letztendlich hilft mir eine junge Frau mit Kinderwagen auf die Beine. Im Gespräch erfahre ich, dass sie den gleichen Anschlusszug auf Sylt nehmen wird – eine wirklich sehr nette Person. Die letzten zweieinhalb Stunden Zugfahrt verbringen wir im gleichen Abteil. Angeregt unterhalten wir uns. Ich hatte das Gefühl, sie schon ewig zu kennen. Durch die Gespräche verflog die Zeit wie im Fluge. Ich war dankbar für ihre, mir entgegengebrachte, Hilfe. Endlich angekommen auf Sylt, nach einer achtstündigen Zugfahrt und anschließendem Busverkehr zur Nordseeklinik, ziehe ich meinen kaputten Koffer gefühlte tausend Kilometer weit übers Gelände der Nordseeklinik, bis ich mich völlig erschöpft beim Reha-Gebäude einfinde. Wie gerne würde ich mich jetzt kurz ausruhen. Eine freundliche Rezeptionistin reißt mich mit ihren Begrüßungsworten in die Realität zurück. An Ausruhen war nun nicht mehr zu denken. Mein mitgebrachter Corona-PCR-Test war für die Einrichtung völlig nutzlos. Schleswig-Holstein hatte seine eigenen Corona-Regeln. Demzufolge wackelte mein müder, nach Kaffee lechzender Körper übers Klinikgelände zum erneuten Test. Die Gefahr, dass ich mich im Zug frisch mit Corona infiziert hatte, lag wohl zu hoch. Widerwillig streckte ich beim Testen meine Zunge aus dem Mund und ließ mir mit dem Stäbchen in jedem Nasenloch rumstochern. Dieser übertriebene Aufwand, kurz bevor die Coronamaßnahmen aufgehoben werden! In der Einrichtung bestand strenge FFP2-Maskenpflicht – ich finde, für Asthmatiker besonders gut geeignet. Nach der Testung schickte mich die Rezeptionistin zum Pflegestützpunkt ins Gartenhaus. Dort angekommen, bezog ich noch nicht mein Zimmer. Nein, ich füllte seitenweise Papierkram aus, Routineuntersuchungen wie Gewichtskontrolle und Blutdruck erfolgten. Jetzt war es nun endlich so weit, ich durfte mein Zimmer beziehen. Erleichtert fiel ich auf meine Schlafstätte. Die Augen fielen mir zu, meine beiden Knie schmerzten vom Sturz. Ausruhen war noch immer der falsche Gedanke. Gleich sollte meine Erstvorstellung beim Klinikarzt sein, in einem anderen Gebäude am Arsch der Welt! Nach der Devise: Laufen, laufen. Jeder Gang macht schlank! Ich schleppte meinen erschöpften Körper ins Seehaus. Meine Apple Watch zeigte eine Wegstrecke von anderthalb Kilometer an. Dort hatten die Ärzte ihre Räumlichkeiten. Die Erstaufnahme verlief relativ zügig – ein Standardprogramm. Mein individuelles Therapieprogramm wurde mit mir zusammen festgelegt und getaktet. Nach der ärztlichen Untersuchung suchte ich den Speiseraum auf. Ich hatte genau noch 10 Minuten Zeit, um mein Abendessen einzunehmen, bevor die Kantine für diesen Tag schloss. Aber, was zum Teufel sollte ich essen? Gluten- und lactosefreie Kost gab es für mich erst in den kommenden Tagen. Meine, auf mich abgestimmte, Ernährung musste erst noch in den Plan eingeflochten werden und an die Diätassistenz und die Küche weitergegeben werden. Das dauert nun mal seine Zeit. Meine heutige Wahl belief sich auf Salat ohne Salatsoße, mehr Auswahl blieb mir an meinem ersten Abend eh nicht mehr. Hungrig und genervt vom straffen Zeitprogramm der Kureinrichtung und der Anreise, suchte ich mein Zimmer

auf. In meiner Handtasche befand sich noch Essen und glutenfreie Süßigkeiten, was ich mir für die lange Zugfahrt zurecht ge-
schnipselt hatte. Das haute ich mir in Windeseile hinter die Kie-
men. Die täglichen Therapiepläne erhielt man jeden Abend in
seinem persönlichen Postfach. Es befand sich an der Rezeption.
Die Kureinrichtung an sich hatte eine perfekte Lage. Hinter einer riesigen Sanddüne gelegen, erstreckte sich das Areal der Kureinrichtung. Das Rauschen des Meeres, das Geschrei meiner geliebten, gefiederten Luftpiraten vernahm man eindringlich im
gesamten Klinikgelände. Überall roch es nach Meer, angenehme
feuchte, salzige Luft, aber auch mal fischiger, vor allem wenn
das Meer sehr aufgewühlt gewesen war und unzählige Seester-
ne und Seeigel angespült hatte. Am nächsten Morgen startete
mein Kurprogramm schon sehr zeitig mit Terminen, die bis in
den späten Nachmittag reichten und eng getaktet waren. Ich
hetzte stellenweise von A nach B. Die Wege zu den jeweiligen
Therapieeinheiten sind – wahrscheinlich absichtlich – schier unendlich weit auseinander gelegen, damit wir untrainierten, kranken Reha-Insassen uns viel und ausreichend über den Tag bewegen. Schon allein diese langen Wegstrecken waren
Therapieeinheiten schlechthin. Meine Uhr zeigte täglich zehn-
bis fünfzehntausend Schritte an, ohne dass ich am Meer spazie-
ren war. Der zu erwartende Muskelkater ließ nicht lange auf sich
warten. Schon am zweiten Therapietag war ich fix und fertig. Es
zwickte überall am Körper, selbst an Stellen, wo ich noch nie
Muskelkater hatte. Erschwerend kam hinzu, dass ich mich die
ersten Tage fast ausschließlich von Grünzeug und Obst ernäh-
ren musste. Die Taktung und Umsetzung meiner gluten- und
lactosefreien Kost dauerte länger als erhofft. Zum Glück gibt es
herzensgute, mich liebende Menschen, die mich aus der Heimat
mit einem riesigen Fresspaket unterstützten und versorgten.
Ohne diese zusätzliche Notration wäre ich womöglich auf Sylt
verhungert. Als die gewünschte Ernährungsumstellung dann
erfolgte, fielen, für meine Begriffe, die Portionen sehr klein aus.
Fast auf jedem Mittagsteller fand ich Kartoffeln (Kartoffeln esse
ich ungern) und Gemüse (Kürbis, Porree – eigentlich immer das

Gleiche) vor, manchmal auch Fisch. Mit dem Fleisch gingen sie sparsam um. Über jedes noch so kleine Stückchen Fleisch, das ich auf meinem Teller vorfand, hüpfte mein Herz freudig auf und ab. Reis und glutenfreie Nudeln sah ich auf meinem Teller sehr selten. Von den Brotscheiben, die ich zum Frühstück und Abendbrot erhielt, will ich erst gar nicht sprechen, nur kurz anreißen. Von Tag zu Tag ähnelte das Brot eher Möwenfutter. Was Essen betrifft, bin ich normalerweise keine Nörgeltante. Aber diese Kost war, mit Abstand, schlechter als Knastfutter. Leider wurde mir mittags auch mal das falsche Essen vom Personal serviert. Unwissend habe ich den ganzen Teller leer geputzt – es gab immerhin Serviettenknödel mit Pilzragout. Lecker! Die Nachwirkungen dafür waren umso schlimmer, starke Bauchschmerzen mit Durchfällen, Übelkeit und Erbrechen. So ist das halt, wenn man glutenhaltiges Essen zu sich nimmt. Solche fatalen Fehler dürften einer Kureinrichtung normalerweise nicht unterlaufen. Schwamm drüber. Ich habe sie alle am Leben gelassen und niemandem den Kopf deswegen abgerissen – kräftemäßig wäre dies eh unmöglich gewesen. Die Therapien an den Wochenenden waren übersichtlicher gestaltet, mittags hatten wir meistens Feierabend. Das war auch gut so, denn unsere geschundenen Körper brauchten ja auch irgendwann mal Erholung. Zusammen mit anderen Reha-Insassen und Reha-Insassinnen erkundeten wir die Insel. Beeindruckt muss ich festhalten, dass Sylt wirklich eine traumhaft schöne Insel ist, eine Landschaft, wie ich sie noch nie zuvor zu Gesicht bekommen habe, aber sündhaft teuer. Ein Leben auf dieser Insel könnte ich mir persönlich nicht vorstellen. Diese konsumgesteuerte Gesellschaft ist definitiv nicht meine Liga. Die reichen jugendlichen Schnösel mit ihren aufgespritzten Lippen sind charakterlose, verwöhnte Arschmaden, die keinen Anstand besitzen. Den haben sie vermutlich nie beigebracht bekommen. Ich möchte es Euch vertiefen, anhand eines erlebten Erfahrungsberichtes. Meine Neugewonnen Bekanntschaften und ich planten an einem Wochenende, einen Ausflug zur bekannten Sansibar, hier auf Sylt. An diesem Tag wehte eine steife Brise aber die Sonne war guter Dinge und unser heutiger Wegbegleiter. Gut gelaunt suchten wir unser Ziel auf. Für die Nichtprominenz, wie wir es waren, musste unser Auto vor der Absperrung zur Sansibar, auf einem öffentlichen Parkplatz abgestellt werden. Nach einem kurzen Fußmarsch durch die Dünen, auf einem befestigten Weg, steuerten wir direkt auf das Meer und die Sansibar zu. Sie lag unmittelbar am Meer. Wir hatten noch ausreichend Zeit, denn die Bar öffnete erst mittags. Zur Überbrückung drehten wir einen der Strandkörbe in Richtung der Sonne und machten es uns gemütlich. Das Meer rauschte laut und die Möwen gingen lauthals auf Beutezug. Mich hielt es nicht lange im Strandkorb. Die Sehnsucht nach meinem geliebten Meer, zog mich zur Brandung, die Luft war frisch und roch salzig und der breite, feine Sandstrand war übersät mit Muscheln und Geheimnissen des Meeres. Dieser Anblick beglückte meine Seele. Gedanken verloren, ohne Hast und Eile, zufrieden, den Moment genießend, suchte ich Erinnerungsstücke am Meer. Eine wirklich beeindruckende Kulisse. Durchgefroren vom eisigen Februarwind, kehrte ich zur Bar zurück. Meine Bekanntschaften hatten sich unterdessen ein sonniges, windgeschütztes Plätzchen auf dem Holzdeck vor der Sansibar auserkoren. Mit hauseigenen Decken, mit Inschrift von der Bar, waren ihre Beine bedeckt. Ich gesellte mich zu Ihnen und umhüllte meinen eisigen Körper in eine der bereitgelegten Decken. Es dauerte nicht lange, da wurde die junge C-Prominenz mit teuren Autos bis vor die Bar schaufiert. Für Sie wurde die erwähnte Absperrung geöffnet. An einem großen Tisch, neben unseren, nahmen sie Platz. Ihr Aussehen war makellos, Ihre Gesichter durch Schönheitschirurgen optimiert und ihre Körper steckten in sündhaft teurer Designerkleidung. Das war nicht das Problem, was mein Blut in Wallung brachte. Jeder darf tragen und aussehen, wie es einem beliebt. Eine freundliche, noch junge Bedienung war Ihnen zugewiesen. Anscheinend passte Ihnen das Gesicht der Bedienung nicht. Sie behandelten die Angestellte wie den allerletzten Dreck, wie Abschaum. Sie wurde mit fiesen, beleidigten Worten tituliert und es wurde nach der Geschäftsführung gerufen und Ihre weitere Dienstleistung abgelehnt. Lachend und feiernd begossen sie mit Champagner Ihren errungenen Triumph. Das war zu viel für mich, meine Wut war zügellos und stieg in mir auf. So dass ich mir Luft machte. Und mit gezielten Worten, die an die C-Prominenz gerichtet waren, Ihr Verhalten maßregelte. Wie zu erwarten war, schenkten Sie mir keinerlei Beachtung. Störte mich aber nicht wirklich! Zum richtigen Zeitpunkt zu sagen, was man denkt, glaube ich, ist die richtige Entscheidung. Anschließend bestellte ich mir einen Ginger Ale mit Orange und eine Kleinigkeit zu essen. Zu Mal, verriet der Blick in die Getränke- und Menükarte, dass die Preise, nicht einem einfachen Arbeiter, mit wenig Gehalt, vorbehalten waren. Definitiv war es eine andere Welt, eine andere Liga, zu der ich nie gehören möchte und weiterhin lieber ein kleines Licht, von vielen bin. Aber der Besuch und die Erfahrung, waren für mich von großem Erfahrungswert. Ich selbst kann nur so hart urteilen, weil ich es miterlebt habe. Pfui Teufel! Schämt Euch! Denn im Grunde genommen seid Ihr der letzte Dreck, wegen Eures bösartigen Benehmens. Darf ich das so schreiben? Eigentlich ja, oder? Herrscht nicht freie Meinungsäußerung in unserem Land? Davon habe ich jetzt jedenfalls Gebrauch gemacht. Jetzt, wo es aus mir rausgefluppt ist, geht's mir gleich viel besser. Im Handumdrehen verging meine angedachte, dreiwöchige Reha-Zeit. Im Arztgespräch mit dem Professor der Reha-Einrichtung wurde mir verdeutlicht, dass meine Erkrankungen alle auf Corona beruhten. Es war eine Zeit mit vielen bleibenden Eindrücken, eine Zeit, die ich bewusst meine Zeit nennen darf, wo ich gezielt den Fokus auf mich lenken musste – eine Auszeit für meinen Seelenschmerz. Wer bin ich, wo steh ich, wie hat mich die Erkrankung geformt und verändert, was ist im Leben das Wichtigste, die Arbeit oder die Gesundheit, macht Geld glücklich? Mit einem guten Gefühl und neuen Gedankenmustern, körperlich etwas vitaler, kehre ich nach Hause zurück. Gleich am nächsten Morgen, nach meiner Heimkehr, steh ich „meinen Mann" auf meiner Arbeit in der Kinderarztpraxis. **Ich weiß: „Dumm war ich gewesen!"** Der definitiv richtige Weg wäre gewesen, erst einmal in Ruhe zu Hause anzukommen und noch zwei Tage Urlaub hinten dranzuhängen, damit der Körper sich langsam an die Umstellung gewöhnen kann. Viele meiner Beschwerden, die ich seit November 2021 beschrieben habe, bestehen seit jeher immer noch. Ich bin müde und kraftlos. Meine Regenerationsphasen dauern mittlerweile sehr lange an. Ich rede nicht von Stunden. Nein! Manchmal dauert es bereits Tage, bis ich mich etwas erholt habe. Ich fühle mich wie in einem Hamsterrad, was sich unaufhörlich weiterdreht. Irgendwie schaffe ich es nicht, auszubrechen, um auszusteigen. Lieb gemeinte Ratschläge seitens meiner Eltern und meines Partners ignoriere ich gänzlich, überhöre ihre Worte. Ich ziehe es nicht einmal in Betracht, über deren Worte in aller Ruhe nachzudenken. Meine neu erworbenen Gedankenmuster, die ich von der Reha einst mitbrachte, habe ich unterdessen über Bord geworfen. Ich funktioniere weiterhin, tagein tagaus. Nichts hat sich in meinem Leben geändert. Anscheinend bin ich noch nicht so weit, noch nicht tief genug am Boden. Aber in unserer Gesellschaft ist es gang und gäbe zu funktionieren, zu arbeiten, das wird überall vorausgesetzt. Menschen, die krank sind – ich rede hier nicht von Husten und Schnupfen –, nein, richtig krank sind, werden wie Menschen zweiter Klasse behandelt. Ausrangiert! Die werden nicht mehr benötigt! Sie müssen Rechenschaft vor Ärzten, Behörden etc. für ihre Erkrankungen ablegen, stecken Unmengen von negativem Feedback ein, fühlen sich dadurch zum Teil noch schlechter und wertloser. Und der erwünschte Heilungsprozess bleibt aus. Eine Art Demütigung, finde ich. Keiner von uns sollte Rechenschaft ablegen müssen. Etwas mehr Toleranz, Rücksichtnahme und Menschlichkeit fehlen in unserer kranken Gesellschaft. Die Krankheit unserer Gesellschaft ist leider nicht heilbar. **Winke, winke Selbstfürsorge! Ich brauche dich nicht wirklich!** Ich funktionierte bis Ostersonntag 2023. An diesem Tag gehe ich mit meiner Familie in einen Berggasthof essen. Nach Rücksprache mit der Bedienung fällt meine Essenswahl auf einen glutenfreien Lamm-Burger mit Salat. Es war ein schöner Ausflug mit der Familie. Meine Freude hielt sich jedoch in Grenzen, als ich zum späten Nachmittag von starken Bauchschmerzen, Übelkeit und anhaltendem

Wasserdurchfall heimgesucht wurde. Dieser Durchfall hielt über fünf Tage lang an. Nebenbei schleppte ich mich zur Arbeit. Bis ich am Freitag, den 14. 4. 2023 die Notbremse zog, um aus meinem Hamsterrad auszusteigen. Auf keinen Fall sollte es nun so weitergehen. Ab heute werde ich Selbstfürsorge betreiben. Und dazu gehört es nun mal auch, beim Arzt vorstellig zu werden, um einen Krankenschein zu erhalten. Wisst ihr eigentlich, was Selbstfürsorge ist? Ich wusste es ja selbst lange nicht. Bis ich an jenem Punkt angelangt war, der mir zeigte:

„Jetzt sorge endlich für dich und deinen Körper, nimm dir die Zeit, die dein Körper zur Genesung benötigt."

Lange, viel zu lange, habe ich auf die eigene Einsicht gewartet. Verdrängungen meiner Erkrankungen, mangelnde Akzeptanz, dass mein Körper nicht mehr so funktionierte wie vor der besagten Corona-Infektion, und mein stures Ich zwangen mich monatelang selbst in die Knie. Aus starkem Verantwortungsbewusstsein meiner Arbeit und meinen Kollegen gegenüber, ging ich über meine eigenen Grenzen hinweg. Ich bin ja kein Kollegenschwein! Und ich wollte, dass der Praxisbetrieb aufrechterhalten bleibt.

Selbstfürsorge ist der Prozess, sich auf physischer und psychischer Ebene um seine eigene Gesundheit zu kümmern. Hierzu zählen unter anderem Ernährung, Schlaf, Körperpflege, soziale Interaktionen, Sport sowie Erholung. Regelmäßige Selbstfürsorge ist sowohl für gesunde Menschen im Sinne der Gesundheitsförderung wichtig, wird aber erst wesentlich bei physischen und psychischen Beschwerden und Krankheiten im Sinne von Prävention und der Aufrechterhaltung der Lebensqualität. *https://de.wikipedia.org/wiki/Selbstf%C3%BCrsorge/01.06.2023*

Jetzt bin ich soweit – ich möchte wieder mehr Lebensqualität! Nach dem Wasserdurchfall, der zu Ostern aufgetreten war, verschlechterte sich auch zusehends mein Allgemeinzustand. Wassereinlagerungen um die Augen treten auf, Zehen- und Fingergelenke sind aus noch unerklärbarer Ursache plötzlich gerötet und geschwollen – ähnlich einer Entzündung. Zehen und Finger fühlen sich wie abgestorben an. Mittlerweile tritt das nicht nur bei Kälte, sondern auch bei Wärme auf. Mein Körper friert ständig. Sämtliche Körperstellen und Muskeln schmerzen. Ich kann mich schlecht konzentrieren. Ratlosigkeit macht sich in mir breit. Mein Körper ist müde, kaputt und schmerzhaft. Abermals konsultiere ich meine Hausärztin. Diverse Blut- und Urinuntersuchungen finden statt. Aber eine wirkliche medizinische Erklärung für meine hinzugekommenen Symptomatiken gibt es noch nicht. Ich warte momentan geduldig auf eine Facharztvorstellung in der Rheumatologie! Eine medizinische Vorstellung an der Uniklinikum Dresden wurde seitens der Klinik abgelehnt. Die Charité Berlin behandelt nur Patienten aus dem Raum Brandenburg. Auf eine positive Rückmeldung vom Städtischen Klinikum Dresden warte ich noch immer. Auf weiter Flur stehe ich mit meinem Krankheitsverlauf und dessen Symptomatiken verlassen und allein da. Die Post-Covid-Ambulanzen wurden geschlossen. Niemand fühlt sich angesprochen und zuständig für dich. Armes Deutschland! Es ist ein offenes Ende. Ich bin aber voller Hoffnung und Zuversicht, dass mir eines Tages geholfen wird, dass man die Hauptursache all des Übels findet und ich dementsprechend therapiert werden kann. Momentan beschränken sich die Thesen nur auf die vorausgegangene Covidinfektion. Wenn man den Aussagen der Ärzte Glauben schenken kann, benennen sie es mit den Worten:

POST COVID!

Am **28. 4. 2023** werde ich von meinem Arbeitgeber zu einem Gespräch in die Praxis bestellt. Er händigt mir die Kündigung in meiner zweiten Krankenwoche aus. Was soll ich dazu sagen? Das ist nun meine persönliche Belohnung oder der Dank dafür, dass ich trotz meines schlechten Gesundheitszustandes auf Arbeit gerannt bin, dass ich meiner Arbeit immer gewissenhaft und vollständig nachgegangen bin. Keine Arbeit habe ich je liegen lassen. Nett und freundlich war ich im Umgang mit unseren Patienten und Patientinnen. Es ist in meinen sechseinhalb Jahren, die ich der Praxis gedient habe, nie zu großen Ausfallszeiten meinerseits gekommen. Ich behaupte von mir selbst, dass ich stets eine loyale Mitarbeiterin gewesen bin, die immer mit offenen Karten gespielt hat. Ich bin enttäuscht und finde es unmoralisch, einen kranken Menschen – in seiner, für ihn eh schon misslichen Lage, seiner Existenzgrundlage zu berauben. Von der anderen Seite aus beleuchtet, kann ich meinen Arbeitgeber dennoch verstehen – es ist und bleibt nun mal ein kleiner Praxisbetrieb, der aufrecht erhalten werden muss. Dennoch hat es mir offeriert, dass jeder von uns ersetzbar ist, wir alle nur Nummern sind. Auch wenn meine Arbeitsweise sich durch Perfektion auszeichnet. Wenn sich eine Tür schließt, wird zu gegebenem Zeitpunkt eine neue Tür aufgehen. Und bis diese Situation eintritt, denke ich an mich und meine Gesundheit, kümmere mich um meinen Körper. Denn es ist der einzige Ort, den ich zum Leben habe! Und glaubt mir, ich will leben und gesund werden. Ich werde mich nicht aufgeben und kämpfe um jeden Tag, den ich morgens aufstehen darf. Was für ein kostbares Privileg es ist, am Leben zu sein, zu atmen, zu denken und zu leben! Diese ungeheuerliche Kraft verleiht mir mein Juniherz, welches ich nach Jahrzehnten nun endlich erfüllt lieben darf. Mein Wunsch beschränkt sich nur auf eines, glücklich zu sein, mit all den Widrigkeiten, die mich umgeben. Egal, wie beschissen mancher Tag sein wird. Aber wahre Liebe versetzt Berge, trägt zur Heilung bei, trägt dich in schwierigen Zeiten, öffnet Horizonte, die vorher verschlossen waren, und bestärkt den Glauben an sich selbst. <u>Wahre Liebe lässt dich nie alleine!</u> **Mir ist bewusst, dass Long- oder Postcovid mit seinen unterschiedlichen Gesichtern und Schweregraden individuell auftritt. Die Symptompalette ist breit gefächert und nicht bei jedem Betroffenen gleich stark ausgeprägt. Nicht jeden quälen die gleichen Symptome.**

Der eine hat vielleicht nur zwei Symptome – fühlt sich aber arbeitsfähig, andere wiederum trifft es so hart, dass sie von 24 Stunden am Tag nur noch zwei Stunden aktiv sein können. Das dann aber auch nicht am Stück, sondern verteilt über den Tag, wie es die Kräfte zulassen. Aus Erfahrungsberichten heraus weiß ich, dass es noch weitaus schlimmere, härtere Erkrankungsverläufe gibt als meinen. Wir Betroffenen von Covid erwarten kein Mitleid oder Verständnis für unsere Erkrankung. Aber etwas entgegengebrachter Respekt und Akzeptanz, dass der Betroffene sich verändert hat, wäre wünschenswert. Wir Betroffenen wollen nicht ständig, gegenüber Dritten, unsere Erkrankung und die damit verbundenen Symptome und Einschränkungen erklären müssen. Das damit verbundene Handicap ist für jeden Einzelnen von uns eine enorm schwere Bürde, die auf unseren Schultern lastet; wenn uns ständig vor Augen gehalten wird, wie man durch seine Erkrankung in all seinem Tun reduziert und eingeschränkt ist und körperlich deutlich weniger leisten kann. Ist allein die Präsenz der Erkrankung ausreichend, um eine vorgeschädigte Menschenseele noch mehr zu demütigen und zu kränken? Auch ein auf Augenhöhe geführter Erfahrungsaustausch oder ein einfaches Gespräch wären hilfreich. Damit offeriert man den Betroffenen ein wenig entgegengebrachtes Verständnis. Denn wir wollen „NORMAL" behandelt werden. Und nicht wie Aussätzige! Aber Sprüche und verachtende Worte wie „Mach es doch einfach, reiß dich zusammen, kneif die Arschbacken zusammen, hab dich nicht so, so schlimm kann es doch nicht sein, du hast doch immer funktioniert", oder das Anstreben einer Maximaltherapie, sind an diesem Punkt unangemessen und falsch. Diese These bestätigt sich auch bei sämtlichen anderen Erkrankungen, zum Beispiel bei Angststörungen oder Depressionen. Wenn eine Person körperlich eingeschränkt ist und nicht, wie gewohnt am gesellschaftlichen Leben teilhaben kann, verliert sie auch automatisch Freunde, die sich in ihrem Umfeld bewegten. Teilweise liegt es am mangelnden Verständnis. Ein Außenstehender, der nicht betroffen ist, kann und will sich nicht in die vorherrschende Situation reinversetzen. Nur selten werden Menschen in dein Leben treten, die Akzeptanz und Mitgefühl zeigen und es auch zulassen. Dadurch kommt es unwillkürlich zu freundschaftlichen Brüchen. Jeder Betroffene einer Erkrankung muss seinen WEG finden. Genau das habe ich die letzten 20 Monate getan. Ich habe versucht, den für mich perfektesten Weg zu gehen, habe meine körperlichen Hilfeschreie gekonnt ignoriert, bin meinen Weg unbeirrt weitergegangen. Weil ich dachte, dass ich für alle funktionieren muss, so wie ich es ein Leben lang getan habe. Funktionieren funktioniert nicht immer. Ich wurde eines Besseren belehrt. Mehrfach wurde ich durch meinen Partner, Familie und guten Ärzten angehalten, die Notbremse zu ziehen. Aber endgültig wurde ich von meinem Körper ausgebremst. Umso länger wird jetzt meine Regeneration dauern. Jeder von uns – wirklich jeder – sollte mehr auf seinen Körper hören, seine Erkrankung respektieren und annehmen, aus vorhanden Ressourcen schöpfen. Kleine Etappenziele sind dabei hilfreich. Die anfallende Arbeit einteilen oder unterbrechen und, falls es gar nicht umsetzbar ist, bleibt die Arbeit eben auch mal liegen. Und nicht immer über seine eigenen Grenzen (körperlichen Grenzen) hinausschießen, um die vorhandene Energie zu verpulvern. Das ist auch ein Lernprozess – ein Spagat – ich weiß, von was ich hier schreibe! In den vergangenen Wochen bin ich selbst des Öfteren an meine Grenzen gekommen. Wenn es mir an einem Tag relativ gut ging, habe ich versucht, so viel wie möglich, liegengebliebene Arbeiten im Haushalt zu erledigen. Mit dem Resultat, dass die folgenden Tage, auf Deutsch, Scheiße waren und mein Körper mich zur Zwangspause und Ruhe gezwungen hat und ich nur die Energie aufbringen konnte, um zu essen und um auf die Toilette zu gehen. Wenn die Möglichkeit bestände, am Rad der Zeit zu drehen, ich einen Wunsch frei hätte, dann wünschte ich mir, dass ich wieder gesund bin und mein altes ICH zurück, wie vor der Covid Erkrankung. Da dies schier unmöglich ist und ich nun mit meinen Erkrankungen leben muss, versuche ich aus jedem Tag das Beste zu machen. Der Sinn, nicht aufzugeben, stärkt mich. Leider gibt es für uns Betroffene keine wirklich hilfreiche Unterstützung vom Staat. Die Medizin ist ratlos und noch unerforscht und finanzielle Unterstützung gibt es auch keine. Eine traurige VITA! Wir sind mit den Langzeitfolgen bestraft genug! Schaut und hört uns an – jeden einzelnen Betroffenen! Und helft uns! Das Schreiben dieses Buches hat mir persönlich geholfen, diese Thematik aufzugreifen, um sie für mich besser zu verarbeiten. Durch meine starken körperlichen Einschränkungen und die damit verbundene Nichtteilhabe am gesellschaftlichen Leben habe ich mir ein neues Ziel, eine neue Herausforderung gesucht. Was zeitweise funktioniert, ist mein Kopf. Aber er funktioniert auch nicht jeden Tag, oftmals bin ich kognitiv so stark eingeschränkt, dass es mir schwerfällt, einfache Zusammenhänge zu verstehen, Schreiben zu verfassen, rational zu denken und sehr oft bin ich dadurch dann überfordert und stoße an meine Leistungsgrenzen. Es gibt Tage, da fällt mir sogar das Lesen schwer (Zeitung, Handy etc.). Für einige ist das wahrscheinlich unvorstellbar! Momente, in denen ich kognitiv gut konstituiert bin, habe ich sinnvoll genutzt, um an diesem Buch zu schreiben. Ich möchte durch meine dominanten Symptome nicht zusätzlich an einer Depression erkranken. Das ist ein tiefer Beweggrund meinerseits, warum ich dieses Buch verfasst habe. Meine letzten Worte richte ich an Euch, meine lieben Leser und Leserinnen. Passt gut auf Euch auf, betreibt Selbstfürsorge und hört auf Euren Körper, wenn er anfängt, mit Euch zu kommunizieren! Ich wünsche niemandem so einen langen Leidensweg, der mit Seelenschmerz verbunden ist.

Ich wünsche Euch nur das Beste!

In Liebe,
Eure Freyja

HERZ FÜR AUTOREN A HEART FOR AUTHORS À L'ÉCOUTE DES AUTEURS MIA KAPΔIA ΓIA ΣYΓΓPA
HJÄRTA FÖR FÖRFATTARE UN CORAZÓN POR LOS AUTORES YAZARLARIMIZA GÖNÜL VERELIM SZÍV
CUORE PER AUTORI ET HJERTE FOR FORFATTERE EEN HART VOOR SCHRIJVERS TEMOS OS AUTOR
ZÖINKÉRT SERCE DLA AUTORÓW EIN HERZ FÜR AUTOREN A HEART FOR AUTHORS À L'ÉCOUTE
ÇÃO BCEЙ ДУШОЙ K ABTOPAM ETT HJÄRTA FÖR FÖRFATTARE Á LA ESCUCHA DE LOS AUTORE
EURS MIA KAPΔIA ΓIA ΣYΓΓPAΦEIΣ UN CUORE PER AUTORI ET HJERTE FOR FORFATTERE EEN HA
ARLARIMIZ ÖINKÉRT SERCE DLA AUTORÓW EIN HERZ FÜR A
SCHRI ÃO BCEЙ ДУШОЙ K ABTOPAM ETT HJÄRTA FÖR

Die Autorin

Die 1981 geborene Autorin absolviert nach der
Schulzeit die Ausbildung zur Krankenschwester.
Ein intensives Berufsleben folgt. Eine Wirbel-
säulenverletzung durch einen Autounfall zwingt
sie, sich beruflich neu zu orientieren. Sie findet
Arbeit in einer Kinder- und Jugendarztpraxis. Von
der Corona-Infektion im November 2021 erholt
sie sich nicht, seitdem treten immer wieder neue
Erkrankungen auf. Behandlungen und ein Reha-
Aufenthalt bringen keine Heilung. Im April 2023
erhält sie durch ihren Arbeitgeber die Kündigung.
In all diesen Jahren sind Familie und Hobbies,
wie die Arbeit im Garten oder das Acryl-Pouring,
wichtige Ressourcen. Der Umstand, eine Post-
Covid-Patientin zu sein, kraftlos, körperlich und
kognitiv eingeschränkt mit der Nichtteilhabe am
gesellschaftlichen Leben, aber kämpfend, veran-
lasst sie, ihre ganz persönliche Lebens-, Liebes- und
Leidensgeschichte aufzuschreiben und unter dem
Pseudonym Freyja Fjäril zu veröffentlichen.

novum VERLAG FÜR NEUAUTOREN

Der Verlag

*Wer aufhört
besser zu werden,
hat aufgehört
gut zu sein!*

Basierend auf diesem Motto ist es dem novum Verlag ein Anliegen, neue Manuskripte aufzuspüren, zu veröffentlichen und deren Autoren langfristig zu fördern. Mittlerweile gilt der 1997 gegründete und mehrfach prämierte Verlag als Spezialist für Neuautoren in Deutschland, Österreich und der Schweiz.

Für jedes neue Manuskript wird innerhalb weniger Wochen eine kostenfreie, unverbindliche Lektorats-Prüfung erstellt.

Weitere Informationen zum Verlag und seinen Büchern finden Sie im Internet unter:

www.novumverlag.com